Yaşar Kemal

Der Granatapfelbaum

Yaşar Kemal

Der Granatapfelbaum

Aus dem Türkischen von Cornelius Bischoff

Unionsverlag

Die Originalausgabe erschien 1982
unter dem Titel *Hüyükteki Nar Ağaci*
bei Adam Yayinlari, Istanbul.
Deutsche Erstausgabe

Im Internet
Aktuelle Informationen
Dokumente, Materialien zu Büchern
www.unionsverlag.ch

Rieterstrasse 18, CH-8027 Zürich
Telefon 0041-1-281 14 00, Fax 0041-1-281 14 40
mail@unionsverlag.ch

Umschlaggestaltung: Heinz Unternährer, Zürich
Umschlagfoto: Tony Stone / Michael Orton
Druck und Bindung: Freiburger Graphische Betriebe
ISBN 3-293-00302-8

Memeds Frau stand regungslos im endlosen Ödland. Dann beugte sie sich nieder und scharrte mit gekrallter Hand die Erde. Nachdem sie eine Weile gesucht hatte, fand sie einige Körner, die sie prüfend zwischen Zeigefinger und Daumen rieb, biss dann mit Bedacht auf jedes Einzelne und steckte sie in die Tasche.

»Vay!«, jammerte sie, »mein armer Kopf. Alles verfault! Mein armer Kopf!«

Sie kratzte erneut, fand noch einige Körner, nahm sie zwischen ihre Vorderzähne, biss, und spuckte sie wütend wieder aus.

»Vay! All meine Mühe!«

Auf dem ganzen Feld schimmerte nicht das geringste Grün. Graue Erde überall. Von Leben keine Spur.

»Wir sterben«, stöhnte sie, »wir sterben dieses Jahr. Vay, mein sorgengeplagter Kopf!«

Sie hockte sich nieder, fiel fast in sich zusammen, starrte in die endlose Steppe, starrte auf das tote Feld... Ihr Kopf drehte sich, und immer wieder klagte sie: »All meine Mühe!«

Bis zum späten Nachmittag kam sie nicht mehr auf die Beine. Sie war ganz benommen, kauerte da, als sei ihre letzte Stunde gekommen. Doch plötzlich raffte sie sich auf und machte sich auf den Heimweg. Der Tag ging zur Neige, als sie zu Hause war und sich voller Groll vor den Kamin hockte.

»Mädchen«, sagte Memed, »morgen noch nicht, wir gehen erst übermorgen. Sowie ich in der Çukurova bin, bringe ich Geld zur Post. Zehn Tage, nachdem ich weg bin, gehst du zum Krämer Cemal, denn ich werde das Geld zu Händen Cemal Efendi schicken!«

Die Frau gab keinen Laut von sich.

»Mädchen, was ist?«

Wütend machte sie sich Luft: »Geh doch, geh doch hinunter in die Ebene! Und was sollen wir zehn Tage lang essen? Die ganze Saat ist verfault. Abgesehen vom Mehl, wir haben nicht einmal Salz im Haus. Was sollen wir zehn Tage lang essen? Die ganze Saat ist hin.«

Zwei Zicklein tollten durchs Haus. Vier Kinder in abgerissenem Zeug standen aneinander gedrängt ganz still da. Nur das kleinste, ein Junge, fast nackt in seinen Lumpen, versuchte mit lautem Schniefen seinen Nasenschleim wieder hochzuziehen.

»Wir verkaufen die weiße Ziege«, schlug Memed vor, »kaufen von dem Geld einen Scheffel Weizen und von dem Rest Salz.«

»Verkauf doch!«, entgegnete die Frau. »Verkauf doch, dann ist auch das bisschen Aufstrich zum Brot weg.«

»Wenn ich aus der Çukurova zurückkomme, kaufe ich uns zwei Ziegen, ja, sogar vier.«

»Verkauf du die eine, verkaufe sie, damit wir verdorren!«

Jetzt wurde auch Memed wütend. »Ja, ich werde sie verkaufen«, schrie er, »und wie ich sie verkaufen werde!«

»Verkauf sie nur, damit wir endlich sterben.«

Am nächsten Tag verkaufte Memed die Ziege im Nachbardorf an Duran Efendi.

Als habe man einen Toten aus dem Haus getragen, weinte und schluchzte die Frau um die weiße Ziege. Memed aber konnte nicht zurück nach Haus und seiner Frau ins Gesicht sehen, und so trieb er sich nur noch draußen herum.

Ein leichter Wind fegte Ziegendung an Mauern und Hauswände. Als Erster war Memed zur Stelle, nach ihm kam Hösük. Sie hockten sich unter ein Vordach und schmiedeten Pläne. Am nächsten Morgen wollten sie sich auf den Weg machen.

»Sie lügen«, polterte Hösük. »In der Çukurova soll es keine Arbeit geben? Nichts als Lügen! Die Çukurova ist riesig!«

»Lügen!«, sagte Memed schroff, »nichts als Lügen. Sie finden keine Leute in der Çukurova, bringen sich fast um für sie... Du musst nur rechtzeitig dort sein. Wie Köter betteln sie dort jetzt um Arbeiter.«

Bald danach kam Yusuf und hockte sich nieder. »Ich habe gehört, ihr Kerle geht in die Çukurova. Das habe ich gehört...«

»Ja, wir gehen«, entgegnete Hösük. »Ich, Memed und Ali der Barde auch.«

Yusuf schnalzte. »Wo habt ihr denn euren Verstand gelassen? Ihr geht in den Tod, geht ins Siechtum, geht in die Fiebersümpfe zu elendem Fraß! Das alles ist die Çukurova. Fragt mich! Ich kenne sie. Ihr Wahnsinnigen! Lieber sterben, als in die Çukurova gehen. Schade um eure Jugend, ihr Wahnsinnigen. Memed, du hast vier rosenschöne Kinder. Tus nicht. Wer dorthin geht, kommt nicht wieder, und wenn er wiederkommt, dann so wie ich.«

»Wir haben keine Wahl«, sagte Memed.

»Wir wissen es ja, Bruder, aber wir haben keine Wahl«, sagte auch Hösük.

»Nur wer die Çukurova kennt, kann es wissen«, begann Yusuf von neuem. »Und ich kenne sie. Sie brennt, ja, sie brennt. Wie Blut ist ihr madiges Wasser, ein reißender Wolf jede Stechmücke. Wie Wolken kommen sie über dich und saugen dein Blut. Sie brennt, Brüder, sie brennt. Lasst es sein! Seht mich doch an! Nehmt mich als Beispiel und lasst es sein! Das Wasser voller Maden und lau wie Blut... Meine Worte sind die Worte eines Bruders, sind wie der Rat eines Vaters. Seht doch meinen Zustand... Und müsstet ihr hungers sterben, geht nicht hin! Es gibt Arbeit, es gibt Geld, es gibt Brot, sogar Vogelmilch solls geben und alles, was du dir vorstellen kannst. Aber dort ist auch der Tod, das Elend, das Sumpffieber, die Schwindsucht. Seht mich doch an! Sie brennt, die Çukurova, sie brennt. Geht nicht!«

»Nichts zu machen, wir gehen«, sagte Hösük.

»Wir gehen«, nickte Memed.

»Lieber Tod als Not, lieber Sumpffieber als Armut, lieber schwindsüchtig als ständig hungrig!«, meinte Hösük.

»Wir gehen«, wiederholte Memed.

»Seht mich doch an!«, jammerte Yusuf. »Gehe ich mit, erwartet mich dort der Tod. Gott bewahre! Ich gehe kein zweites Mal. Und müsste ich Schösslinge und Baumrinde essen, ich gehe nicht.«

»Wir gehen«, wiederholte Memed.

»Tot sein ist besser als arm sein. Wir gehen«, sagte Hösük.

»Seht mich doch an«, klagte Yusuf.

Er zeigte mit der Rechten immer wieder auf seinen Bauch, der aussah wie der einer schwangeren Frau. Yusuf steckte in zerlumpten Kleidern, seine nackten Fußsohlen schützte Hornhaut so dick wie Reifengummi. Er hatte einen spindeldürren Hals, die dicken Lippen im blutleeren Gesicht waren voller Risse. »Von mir an euch ein brüderlicher Rat! Jede Stechmücke...«, begann Yusuf von neuem.

»Um Gottes willen, Yusuf, halt den Mund!«, herrschte Hösük ihn an.

Yusuf sagte kein Wort mehr.

Die eingerollten Decken auf dem Rücken, die Sicheln an der Hüfte, warteten sie auf Memed, der noch mit seiner Frau sprach, sich dann mit den Worten: »Bleib gesund!« verabschiedete und losging.

»Die ganze Saat ist verfault«, rief die Frau hinter ihm her.

Der Morgen graute. Sie waren spät dran und machten sich eilig auf den Weg, blickten aber immer wieder zurück, bis das Dorf aus ihren Augen entschwunden war. Als sie Rufe hinter sich hörten, blieben sie stehen. Ganz außer Atem kam Yusuf angelaufen.

»Was ist denn, Yusuf?«, riefen sie.

»Alles bestens«, antwortete Yusuf. Er keuchte wie ein Blasebalg und hockte sich nieder. »Wartet, bis ich mich verschnauft habe. Vom Dorf bis hierher bin ich gelaufen.«

Sie blieben bei Yusuf stehen. Nachdem dieser wieder zu Atem gekommen war, erhob er sich.

»Ich habe hin und her überlegt und bin dann hinter euch her«, keuchte er. »Tot ist tot, was soll das Geröchel, sagte der Kurde. Tot ist tot... Los, gehen wir!«

Am Himmel stand keine einzige Wolke. Die Steppe dorrte unter ihren Füßen.

Als sie an Feldern entlanggingen, bückten sie sich und kratzten an der Krume.

»Nichts los damit«, sagten sie. »Das wird nichts.«

»Und wenn schon«, schimpfte Memed, »kratz dir ruhig Nagel und Finger aus. Zwei Hand voll Körner gesät! Das kann so oder so nichts bringen.«

»Dann eben nicht«, sagte Hösük.

»Das wäre immerhin besser als gar nichts«, meinte Ali der Barde.

»Zum Teufel mit der Çukurova!«, fluchte Yusuf.

Die andern lachten.

Bei der Weißquelle verschnauften sie, tranken und wuschen sich die Gesichter. Und wer kam angerannt, als sie sich umsahen? Keklikoğlus Hirtenjunge Klein Memed.

»Was hast du denn hier zu suchen?«, rief Hösük.

»Ich hau ab«, antwortete Klein Memed. »In die Çukurova. Ich hörte, dass ihr gehen würdet und warte hier seit zwei Tagen auf euch. Ja, ich gehe. Soll der Aga doch erst einmal einen Schäfer wie mich finden! Ich mache mich auf und davon.«

Klein Memed war dünn wie ein Stecken, hatte aber unglaublich große Hände und Füße.

»Das hast du gut gemacht, Memed«, lobte ihn Ali

der Barde. »Seit ich dich kenne, sehe ich dich in Keklikoğlus Diensten.«

»Weder Lohn noch irgendetwas, nicht wahr?«, sagte Hösük.

»Ja. Ich hab die Nase voll.«

»Und jeden Tag den Stock«, fügte Hösük hinzu.

»Wer die Freiheit will...«, sinnierte Ali der Barde.

»Bekomme ich denn in der Çukurova mein gutes Recht?«, fragte Klein Memed.

»Auch die Çukurova gehört Keklikoğlu«, antwortete Ali der Barde.

»Hört, hört«, feixte Hösük.

»Ich verlange nur mein gutes Recht!«, empörte sich Klein Memed.

»Keine Sorge!«, beruhigte ihn Memed.

»Von dem Geld kaufe ich ein Gespann Ochsen mit langen Hörnern«, schwärmte Klein Memed.

»Ich habe dort eine große Schwester«, sagte Memed. »Schon ihretwegen lohnt sich die Reise. Meine große Schwester liebt mich so sehr, sag ich euch... Wir werden gleich zum Landgut gehen. Und da werdet ihr sehen, es gibt in der Çukurova keine bessere als meine große Schwester. Und auf dem Gut arbeiten wir bis zum Herbst!«

Sie gingen weiter bis Çamurlu und übernachteten dort.

»Dieses Dorf Çamurlu ist einmalig in der ganzen Welt«, meinten sie, als sie aufbrachen. »So gastfreundlich gibts kein zweites.«

Sie marschierten durch Ebenen, hasteten Hänge hoch und hinunter, hockten an schäumenden Quellen, verzehrten ihre belegten und eingerollten dünnen Fladen, streckten sich dann ins dicht blühende Ehrenpreis und schmauchten ihre Selbstgedrehten. Sie wanderten weiter. Der Wald rauschte. Am Blumenberg im Hochland standen Almzelte von Nomaden, aus denen geballte Rauchwölkchen stiegen. Mädchen in weißen Schürzen standen vor den Zelten und butterten. Bei Siyringaç kam ihnen, gefolgt von seiner Frau und fünf Kindern, ein barfüßiger, kahl geschorener Kurde entgegen, der einen Esel vor sich hertrieb. Du hättest sie umpusten können, so ausgemergelt waren Mann, Frau und Kinder! An ihren Körpern hing so wenig Zeug, als lebten sie damit schon vierzig Jahre in Elend. Sie grüßten im Vorbeigehen.

Nach zwei Tagen waren sie drunten in der Ebene. Gleißend hell plätscherten die Wasser des Savrun.

Oberhalb von Dikirli legten sie sich zum Ausschlafen unter einen Baum. Als sie erwachten, war schon Mittag.

Noch ganz verschlafen rückte Klein Memed vorsichtig an Memed heran, hielt seinen Mund dicht an dessen Ohr und flüsterte: »Onkel Memed, hier prellt man mich nicht um meinen Lohn, oder?«

»Hab keine Angst!«, beruhigte ihn Memed.

»Sagst du auch die Wahrheit?«, fragte der Kleine. »Bekomme ich hier mein gutes Recht?«

»Sag ich doch«, antwortete Memed.

»Dann kaufe ich mir ein Gespann Ochsen, die Hörner lang... Ich werde hart arbeiten.« Klein Memed strahlte.

»Ich bringe dich bei meiner großen Schwester unter, und du gehst ihr zur Hand«, sagte Memed.

»Und mein Recht...«

»Keine Angst«, unterbrach ihn Memed. »In diesem Land gibt es nichts besseres als meine große Schwester.«

Sie warfen die Decken über ihre Schultern, Ali der Barde nahm noch seine langhalsige Laute mit den Troddeln am Griffbrett in die Hand, und brachen auf.

»Da unten ist schon das Landgut«, rief Memed, »wir sind gleich da. Meine große Schwester wird vor Freude außer sich sein, wird gleich nach meiner Frau fragen, wenn sie mich sieht. Vor Jahren hatte sie ihr nämlich zwei von ihren Kleidern geschenkt, fast neu, und so fest im Stoff, dass sie die noch immer trägt. Sie wird sich gleich um uns kümmern, wenn wir dort sind, sie wird mich an die Hand nehmen und mir die leichteste Arbeit geben. Da können wir bis in den Herbst hinein arbeiten.«

»So eine Schwester findest du in der ganzen Çukurova nicht«, sagte Hösük.

»Bekommen die andern einen Tagelohn, lässt sie vom Aga an mich den eineinhalbfachen auszahlen. Und euch, den Gefährten ihres Memed, dasselbe«, brüstete sich Memed.

»Gebe Gott, dass es so sein wird!«, sagte Ali der Barde.

»Nichts geht über meine große Schwester«, fuhr Memed fort. »Ihr werdets gleich sehen. Wenn wir ankommen, bringt sie uns sofort Brot.«

»Und mein Lohn?«, fragte Klein Memed.

»Hab keine Angst!«, antwortete Memed.

»Mit riesengroßen Hörnern...« flüsterte der Kleine.

»Mein Leben für meine große Schwester!«, rief Memed. »Da soll doch der Aga wagen, jemandem sein gutes Recht zu verweigern. Sie stellt sich vor ihn hin, sagt: ›Schäm dich vor dem lieben Gott; schluckt einer denn den Lohn eines Armen!‹ Und schon rückt der Aga das Geld heraus.«

»Wenn es so ist, ein Leben für solch eine große Schwester!«, rief auch Ali der Barde.

»Riesengroße Hörner…«

»Die soll sie sich reinstecken, deine Mutter…«, schimpfte Hösük. »Hörner, Hörner, Hörner!«

»Rühr den Jungen nicht an!«, grollte Memed. »Seit seiner Geburt lungert er vor fremden Türen.«

»Ja, rühr den Jungen nicht an!«, wiederholte Ali der Barde.

»Ich werde hart arbeiten«, murmelte Klein Memed.

»Ich musste mich damals um ein Ochsengespann kümmern und hütete es wie meinen Augapfel«, erzählte Memed. »Unter den Treibern gibt es keinen zweiten, der Ochsengespanne so gut pflegen kann wie du, sagte meine große Schwester immer. Und als ich wegging, weinte sogar der gelbe Ochse.«

»Oho, oho!«, lachte Ali der Barde, »Unser Memed!«

»Ich soll das Glück meiner Kinder nicht erleben, wenn ich lüge!«, schwor dieser. »Als ich wegging, hat der gelbe Ochse immer wieder zurückgeschaut und sich geleckt. Ihr werdet es ja gleich erleben. Wenn mich der gelbe Ochse sieht, erkennt er mich sofort. Er wird vor Freude stampfen und brüllen. Ihr werdet es gleich erleben!«

»Gott gebe, dass es so kommt!«, sagte Ali der Barde.

»Und ich kann mir zwei Ochsen kaufen«, lachte Klein Memed, »die mich so lieben wie der gelbe Ochse dich.«

»Ochsen kaufen, Ochsen kaufen!«, feixte Hösük.

»Hösük, lass den Jungen in Ruhe!«, sagte Ali der Barde. »Er kennt die Welt noch nicht, ist ja noch feucht hinter den Ohren.«

»Schon gut, schon gut«, lenkte Hösük ein.

»Zwölf Monate im Jahr quoll den andern Tagelöhnern der Bauch vor lauter Hirsebrei. Mir gab meine große Schwester fettige Fladenrollen, ja, so sehr liebte sie mich«, sagte Memed.

Sie gingen durchs Tor. Dicht an dicht standen im Hof blaue, rote und gelbe Traktoren, Dreschmaschinen, Mähdrescher, Laster, Jeeps und Pferdewagen. Die Massey Fergusons und anderen Fabrikate funkelten nur so in der Sonne. Um sie herum machten sich ölverschmierte Männer mit hastigen Bewegungen zu schaffen.

»Da ist meine große Schwester«, rief Memed und schritt aus.

Die Frau in schwarzem Kopftuch gab einigen Leuten am Backofen Anweisungen. Sie war füllig und hatte ein breites Becken. Bis zu den Ellenbogen klirrten die goldenen Armreife an ihren Unterarmen.

Memed ging zu ihr und blieb vor ihr stehen, doch die Frau beachtete ihn nicht einmal. Memed ging dicht an sie heran und blickte ihr lächelnd ins Gesicht. Die Frau scherte sich nicht. Memed stutzte, lächelte noch breiter: wir kennen uns doch... Nicht weit von ihnen standen die vier Freunde, ihre Blicke wanderten zwischen Memed und seiner großen Schwester hin und her.

Schließlich konnte Memed sich nicht länger zurückhalten und sagte: »Große Schwester, ich bins, Memed.«

Die Frau musterte ihn kurz.

»Große Schwester, ich bin Memed, der Treiber... Na, der mit dem gelben Ochsen pflügte. Wir sind mit unseren Sicheln zur Ernte hier. Große Schwester, ich bin Memed...«

Ohne ihn anzuschauen hob die Frau den Kopf und sagte zu der Arbeiterin, die das Brot schichtete: »Gib dem da ein Brot, damit er geht!«

Die Frau drückte Memed ein Brot in die Hand, das dieser verdutzt festhielt. Wie mit kochendem Wasser begossen stand er da, sein Blut schien erstarrt, sein Gesicht rabenschwarz.

»Große Schwester«, sagte er leise, »ich bin Memed, Memed der Viehtreiber... Der mit dem gelben Ochsen... Der den Kopf drehte und hinter mir herschaute, als ich wegging... Wo ist der gelbe Ochse?«

Ohne ihn eines Blickes zu würdigen, kehrte die große Schwester ihm den Rücken zu und ging zum Konak hoch.

Verwirrt und ratlos kehrte Memed mit dem Brot in der Hand schwankend zu seinen Freunden zurück.

Die andern verloren kein Wort darüber.

Erst nach einer ganzen Weile sagte Ali der Barde: »Mach dir nichts draus! So ist die Çukurova nun mal. Wissen wir doch. Mach dir nichts draus! Hättest du doch wenigstens den gelben Ochsen wiedergesehen. Wer weiß, wie der sich gefreut hätte, der Arme.«

Sie gingen zum Tor hinaus und hockten sich mit den Rücken zur Hofmauer nieder. Hösüks mächtiger Umriss schien der von zwei Männern zu sein, Ali der Barde war feingliedrig, Memed hoch aufgeschossen.

Ein ölverschmierter blonder junger Mann in abgerissenem Kittel kam vorbei, stutzte und eilte herbei, als er Memed sah.

»Oh, Onkel Memed, willkommen!«, rief er und ergriff dessen Hand. Er schien etwa siebzehn Jahre alt zu sein. »Ich habe dich schon so vermisst, und mich immer wieder gefragt, wo ist er nur abgeblieben? Es sind ja schon zwei Jahre her, dass du fort bist, nicht wahr? Ich hatte solche Sehnsucht nach dir, sagte mir immer, eines Tages wird er schon auftauchen. Willkommen, willkommen!« Der Junge strömte über vor Freude. »Gott sei Dank, Onkel Memed, dass ich dich gesehen habe. Eines Tages wird er kommen, sagte ich mir, und da bist du ja!«

»Setz dich erst einmal!«, forderte Memed ihn auf.

Der Junge setzte sich.

»Blonder«, begann Memed, »hast du gesehen, wie die große Schwester mich behandelt hat? Das hätte ich nicht von ihr erwartet. Sie war immer besorgter um mich als meine leibliche Mutter. Während die Tagelöhner vom Hirsebrei schon anschwollen, bekam ich von ihr eingerollte, fettige Fladen.« Er schüttelte den Kopf. »Nein, das hätte ich nicht erwartet... Und hätte ichs im Traum erlebt, ich hielt es für ein gutes Omen! Was soll das denn, Blonder, ich begreife es nicht.«

»Frag nicht, Onkel Memed, frag nur nicht! Wenn du es hörst, kriegst du den Mund nicht mehr zu. Die große Schwester ist nicht mehr die Alte. Ich bin der Einzige, der hier übrig geblieben ist. Außer mir ist keiner mehr da. Die große Schwester hat sie alle davongejagt.«

»Das hätte ich nicht von ihr gedacht«, murmelte Memed, »nein, niemals!«

»Die große Schwester hat sich verliebt«, sagte Blonder, »sie sei von unerfüllter, von schwarzer Liebe befallen, heißt es.«

»Was sagst du da?«

»Sie ist verliebt«, antwortete Blonder. »Seitdem diese Motorfahrzeuge hier sind, ist sie diesen Motoren verfallen. Sie hat sich in sie verliebt.«

»Oh weh, große Schwester«, klagte Memed.

»Jeden Morgen, sowie sie aufsteht, nimmt sie einen Eimer Wasser und ein Stück Seife in die Hand, geht zu den Fahrzeugen, wäscht die Räder, putzt die Motoren, gerät bei jedem Körnchen Staub, bei jedem Spritzer Schlamm außer sich. An jedem Tag Gottes putzt und poliert sie. Sie sei in diese Maschinen verliebt, heißt es, sie sei ihnen verfallen.«

»Gott bewahre!...«, sagte Ali der Barde. »Ein schweres Los.«

»Seit diese Motoren hier sind, sitzt sie bei Wind und Wetter neben den Fahrern und fährt hinaus auf die Felder. Jeden Tag Gottes...«

»Sie hat mich nicht erkannt«, meinte Memed. »Meine arme große Schwester. Also das ist es! Schlimmer noch als das, was sie Liebe nennen. Die Arme!«

»Sie ist doch nicht verrückt«, entgegnete der Blonde. »Sonst ist noch wie damals. Sie ist nur vernarrt. Natürlich hat sie dich erkannt!«

»Auf so etwas wäre ich nie gekommen«, sagte Memed. »Das heißt, sie ist bei Sinnen, aber mit schwarzer Liebe geschlagen... Gott bewahre uns davor!«

»Wenn du wüsstest, was hier los ist. Tag für Tag klopfen Tausende an. Die Ebene brodelt von Tagelöhnern. Arbeit gibt es nirgendwo. Sogar die große Schwester ist ratlos. Da reicht kein Mehl, da reicht kein Brot... Für so viel ausgestreckte Hände!«

»So ist das also, ha?«, sagte Ali der Barde.

»Wenn du wüsstest... Wenn du nur wüsstest«, wandte sich der Blonde wieder an Memed. »Veli Aga der Große, Dursun der Hinkende...«

»Was ist mit Veli Aga dem Großen?«, fragte Memed.

»Frag mich bloß nicht danach!«, rief Blonder. »Ihm erging es am schlimmsten. Frag mich bloß nicht danach!«

»Er hatte das leuchtende Gesicht eines Heiligen«, sagte Memed. »Und war er bei der Arbeit, hieltest du ihn für einen zwanzigjährigen Jungmann.«

»Auch er ist gegangen«, klagte Blonder. »Alle sind gegangen, nur ich bin noch hier. Und frag mich auch nicht nach Veli Aga dem Großen!«

»Spann mich nicht auf die Folter und sag schon, was aus ihm geworden ist!«, bat Memed.

»Als diese Landmaschinen kamen, jagte der Aga uns alle nach und nach davon. Und Veli Aga stellte sich vor den Aga hin und sagte: ›Mein Aga, fürchte dich doch vor Gott! Seit fünfundvierzig Jahren bin ich vor dieser Tür, mein Aga, schäme dich vor Gott! Vor dieser Tür ist mein Bart grau geworden, vor dieser Tür mein Rücken krumm. Wohin soll ich denn in diesem Alter, wo soll ich Arbeit finden? Auf diesem Friedhof hier liegen mein Weib, meine Mutter und meine drei Söhne. Aga‹, sagte er, ›Gott lässt Steine auf dich regnen, tu mir diese Qual nicht an! Du gottloser Aga‹, sagte er, ›in diesen meinen Armen bist du groß geworden, mit Wiegenliedern, die ich dir sang! Deine Kacke klebt noch unter meinen Fingernägeln. Wohin soll ich denn gehen, so alt, wie ich jetzt bin?‹ Ja, Onkel Memed, das hat er dem Aga gesagt. Er hat gejammert und geschimpft, hat zwei Tage auf diesem Stein gesessen und sich den Bart gerauft, hat gezürnt und geflucht. Es hat nichts genützt, und er ist auf und davon. Wir haben nichts mehr von ihm gehört.«

»Was war er doch für ein guter Mensch«, sagte Memed. »Und was ist mit Dursun dem Hinkenden?«

»Der sitzt im Gefängnis. Der ist zum Sträfling geworden.«

»Schau, schau, der Hinkende! Hätte ich nicht gedacht.«

»Der Aga hatte alle Kutscher zusammengerufen und ihnen gesagt: ›Ich habe keine Arbeit mehr für euch und wünsche euch viel Glück!‹ Da ging auch der Hinkende auf und davon. Und was sehen wir einen oder zwei Monate später? Der Massey Ferguson steht ohne Motorblock da. Abmontiert und mitgenommen! Die riesige Maschine war gestorben, und der Aga drehte durch. Er rannte zu den Behörden, ging zum Präfekten, fuhr nach Ankara. Und irgendwann hat der Hinkende irgendwo davon erzählt. Er bekam bei den Behörden so lange die Stromstöße, bis er sagte: ›Ich habs mit Absicht getan. Gegen den Aga. Der hat uns in den Hunger getrieben. Ihm geschieht Recht, und ich habe meine Rache. Ich habe es abgeschraubt und beim Anavarza-Felsen in die Tiefe geworfen, dort wo der Ceyhan am tiefsten ist. Und müsste ich deswegen sterben, es täte mir nicht Leid!‹

Und jetzt sitzt er im Gefängnis von Adana. Der Aga hat den Fluss immer wieder absuchen lassen, den Motorblock hat er nicht gefunden, und nun ist der Massey Ferguson tot.«

»Was es nicht alles gibt auf der Welt«, rief Memed aus. »Der Hinkende sprach ja nie, er war immer nur am Grübeln.«

»Sie sind alle fort, nur ich bin noch da«, sagte der Blonde. »Ich machte mich ja auch schon bereit, aber der Meister sagte: ›Den da können wir gebrauchen.‹ Jetzt werde ich Traktorfahrer. Ich arbeite beim Meister.«

»Und der gelbe Ochse?«

»Der Aga hat alle Ochsen verkauft. Und was dein gelber Ochse war, den hat er mit dem lilaschwarzen Ochsen als Opfertiere schächten lassen. Siehst du die Maschine dort, die riesengroße? Man nennt sie Mähdrescher. An dem Tag, an dem der Aga sie brachte, hat er vor ihren Rädern den gelben und den lilaschwarzen Ochsen schächten und ihr Blut über die Felgen rinnen lassen. Ja, er hat deinen gelben Ochsen der Maschine geopfert...«

Memed versank in Gedanken.

»Das Ding da mäht und drischt zugleich, füllt das Getreide in den Sack und gibt ihn dir in die Hand. Nein, Arbeit gibt es nicht mehr. Tag für Tag tausende Tagelöhner, sie kommen und gehen, ihr Zustand zerreißt einem das Herz... Unser Meister kommt um vor Gram... ›Alle diese Maschinen zertrümmern, anzünden und ab zum Hinkenden!‹ sagt er, so groß ist sein Mitleid mit den Landarbeitern.«

»Ein guter Mensch also«, sagte Ali der Barde. »Den

Reichen kann jedermann lieben, den Armen lieben, darauf kommt es an!«

Der Blonde schnellte hoch: »Ihr müsst hungrig sein«, rief er. »Ich gehe Essen holen.«

Bald danach kam er mit einer großen Schüssel Suppe und sieben, acht Laib Brot zurück. »Ich wollte euch noch Halwa bringen, aber es ist keiner mehr da.«

»Betrachte ihn als gebracht!«, sagten sie.

Nachdem sie gegessen hatten, verließen sie das Gelände, rollten ihre Decken zu Kopfkissen, streckten sich aus und schliefen sofort ein.

Am nächsten Morgen brachte ihnen der Blonde wieder Suppe und Brot.

»Onkel Memed«, sagte er, »der Meister ist ein guter Mensch, ich hab ihn um eine Arbeit für euch angefleht, es hat nichts gebracht. Es gibt nichts zu tun.«

»Vergelts Gott!«, entgegnete Memed. »Wir werden schon Arbeit finden.«

Der Blonde senkte den Kopf und sagte: »Gott gebe es.«

Wie ein nach allen vier Richtungen flammender Gluthaufen ging feuerrot die Sonne auf. Beladene Laster, Traktoren mit Anhängern, Pferdegespanne, Mähdrescher, Jeeps, letzte Modelle blitzblanker Karossen der Agas, Gruppen von Landarbeitern mit eingezogenen Köpfen zogen vorbei. Ein noch nie da gewesener Lärm erfüllte die Çukurova. Das Tohuwabohu nahm kein Ende.

Im Staub der Landstraße schoben sie ihre langen Schatten vor sich her. Zur Rechten sahen sie auf einem klitzekleinen Platz eine Frau, Kopf und Augen mit kümmerlichen Lappen geschützt, auf einem Dreschschlitten, den ein bis auf die Knochen abgemagerter, mehr tot als lebendiger Esel zog, langsam ihre Runden drehen. In ihrer Nähe weder Laubdach noch ein anderer Schattenspender.

Längs des Weges hing eine lange Staubwolke in der Luft. In rauchigem Dunst schritten die Männer voran, versanken bis zu den Knöcheln im brennend heißen Straßensand und stießen voller Wut wüste Beschimpfungen aus. Yusuf ging es zusehends schlechter.

»Zur Hölle mit der Çukurova!«, fluchte er.

Ihre schrumpfenden Schatten hatten schon die Zehen erreicht, der Durst plagte. Wo war in dieser Ebene nur das Wasser geblieben? Die Zunge klebte ihnen am Gaumen. Immer noch hoffend, Wasser zu finden, gingen sie weiter. In der ganzen Gegend weder Dorf noch irgendetwas sonst. Nur Trupps von Tagelöhnern kamen vorbei, traurig, erschöpft, verzweifelt, die Köpfe tief zwischen den Schultern, die Arme schlaff an den Flanken, die Rücken triefend von Schweiß, die Körper nur Haut und Knochen, zerlumpte Männer mit gemusterten Strickstrümpfen, ihre Augen und Zähne schimmerten durch den Staub. Sie grüßten und nahmen Grüße entgegen.

Die Sonne im Zenit brannte auf sie hernieder, sie waren ganz benommen.

Schließlich entdeckten sie jenseits dröhnender Mähdrescher weit draußen jemanden bei der Feldarbeit.

»Los, nichts wie hin!«, rief Ali der Barde. »Er gibt uns Wasser, wenn er Wasser hat!«

Sie hetzten über Stoppeln und die vom Mähdrescher abgeworfenen Garben. Die auf Stoppeln und Stroh strahlende Sonne verwandelte die Welt in ein blendendes Meer flimmernden Lichts. Man konnte die Augen kaum öffnen.

Sie grüßten von weitem.

Der Mann, neben ihm seine Frau und zwei etwa zwölfjährige Töchter, hatte sein Pferdegespann am Dreschplatz angepflockt, und die drei luden Garben ab. Ihre Gesichter waren schwarz vom Staub, ihre Kleider voller Häcksel und Grannen. Der Mann war halb nackt, er warf die Garben in hohem Bogen auf den Dreschplatz, die Frau und die Mädchen verteilten sie auf dem Rund. Die Pferde hatten ihre Nüstern ins Stroh gesteckt und malmten.

Der Mann warf die Heugabel auf die Garben und kam zu ihnen. Seine Brusthaare waren grau, die Adern seiner Arme geschwollen. Mit dem Handrücken wischte er sich den Schweiß von der Stirn.

»Wir sind durstig«, sagte Ali der Barde.

Der Mann füllte aus einem Fass einen Eimer Wasser und reichte ihn Ali. Reihum setzten sie gierig an und tranken in langen Zügen.

»Wir sind ausgebrannt vor Durst«, begann Ali der Barde. »Wir wagten dennoch nicht, die Männer auf den Maschinen um Wasser zu bitten. Sie kamen uns wie andere Menschen vor, und sie schauten so verächtlich ...«

»Setzt euch!«, sagte der Mann.

»Seelenfrieden deinen Ahnen!«, wünschte ihm Ali der Barde.

»Dürfen wir deinen Namen erfahren?«, bat Hösük.

»Halil«, antwortete der Mann.

»Der dort ist Ali der Barde, dieser hier heißt Memed, jener dort auch, das ist Yusuf, und ich bin Hösük.«

»Es gibt keine Arbeit«, sagte der Mann.

»Wir sind gerade gekommen und auf der Suche«, entgegnete Ali der Barde.

»Der Aga hats bekannt gegeben. ›Mir reichts, dass sie auf meine Kosten leben‹, hat er gesagt. ›Seit dreißig Jahren pflügen sie meine Äcker, als seis die Erde ihrer Väter. Sie sollen sie jetzt verlassen, mir reicht, was ich durch sie ertragen musste‹, hat er gesagt. Für uns gibts keine Arbeit mehr, schnür dir ’nen Sack Steine um den Hals und stürze dich ins Wasser! Das ist alles, was du noch tun kannst.«

Ali schaute ungläubig drein.

»Seit dreißig Jahren bestelle ich dieses Feld. Auf jeder Handbreit Acker ein Liter Schweiß! So wird es immer weitergehen, sagte ich mir, immer halbpart mit dem Aga, dachte ich mir und biss die Zähne zusammen. Jetzt bleibt mir nur noch der Strick.«

»Nicht Not, sondern Tod!«, seufzte Ali der Barde.

»Ja, schlimmer als der Tod«, nickte der Mann. »Schon morgens kommt diese rote Maschine und bohrt sich in die Krume, bohrt sich in jede von mir mit einem Liter Schweiß getränkte Handbreit Erde.«

»So ist es«, sagte Ali der Barde, »und das ist schlimmer als der Tod.«

»Was kann ich denn außer Feldarbeit?«, klagte der Mann. »Ihr habt wenigstens noch eure Äcker, auch wenn darauf nichts wächst, habt ihr ein Zuhause, wo ihr hingehört.«

»Ja, das haben wir«, nickte Ali der Barde.

»Zum Teufel damit!«, fluchte Hösük.

»Sag so etwas nicht!«, rügte ihn Ali der Barde.

»Wenn schon vor Gram sterben, dann auf eigenem Boden, unter eigenem Dach!« Der Mann wiegte den Kopf. »Ach hätte ich nur ... Oh, dieser gottlose Amerikaner mit seinem Plan, oh, dieser Ingenieur Marschall!«

»Schlägt er eine Tür zu, öffnet er bestimmt eine andere«, tröstete ihn Ali der Barde.

»Es ist doch keine Tür mehr da, die geöffnet werden kann. Alle Türen sind zu.«

Ali der Barde: »Er öffnet eine.«

»Ihr habt sie doch auf dem Weg hierher gesehen, die Frau ganz allein auf dem Dreschschlitten.«

»Wir haben sie gesehen«, sagte Ali der Barde.

»Vor drei Jahren riss ein Mähdrescher ihrem Mann das Bein ab. Mit drei Kindern blieb die Frau in der Ebene zurück. Schwindsüchtige, malariakranke Kinder ... Der Aga hat auch sie von seinen Feldern gejagt. Und da sagst du, er öffnet eine Tür.«

»Was weiß ich«, entgegnete Ali der Barde, »er wird dem Mund, der sich öffnet, doch einen Bissen nicht versagen.«

»Zum Teufel mit diesem Bissen«, fluchte der Mann.

Der Säugling, der unter einem Jutesack geschlafen hatte, begann zu greinen.

Der Mann rief seiner Frau: »Komm her und ruh dich ein bisschen aus!«

Die Frau legte die Heugabel beiseite und kam mit den beiden Mädchen zum Laubdach. Die verschwitzten Gesichter der Mädchen waren glutrot. Nachdem sie in langen Zügen getrunken hatten, hockten sie sich nieder, die Frau nahm das Baby auf, drehte sich um und begann es zu säugen.

»Los, Jungs«, rief Ali der Barde, »tun wir was für den Aga!«

Außer Yusuf standen alle auf, und nachdem sie in kaum einer Stunde die ganze Spreu in den Wind geschleudert hatten, kamen sie zurück und hockten sich unters Laubdach.

»Brüder, ich danke euch«, sagte der Mann.

Aus einem Beutel, der am Pfosten des Laubdachs hing, füllte die Frau Jogurt in eine Schüssel, verwässerte ihn und gab allen zu trinken.

»Ich danke euch«, sagte der Mann, als sie sich wieder auf den Weg machten. »Hoffentlich findet ihr Arbeit.«

Es war schon eine Stunde vergangen, seit sie sich von dem Mann verabschiedet hatten, und obwohl die Sonne schon tief im Westen stand, dorrte die Ebene noch in sengender Hitze. Am Wegrand stand mit staubgeweißten Blättern ein alter Maulbeerbaum, darunter ein staubiger Traktor mit Anhänger, sonst war niemand zu sehen. In Reihe blieben sie vor dem Trecker stehen.

Hösük ging näher heran, streckte seine Hand aus und wollte den Motor gerade berühren, als Ali warnend rief: »Tus nicht, Hösük, und geh nicht so dicht heran, man weiß ja nie!«

Und Hösük wich zurück.

Eine Zeit lang gingen sie um das Gefährt herum, betrachteten es aus allen Blickwinkeln.

»Schaut her!«, rief plötzlich Klein Memed. »Er hat riesige Augen. Seht nur, wie sie funkeln!«

»Zur Hölle damit!«, fluchte Hösük.

»Zum Trümmerhaufen soll er zerfallen!«, rief Ali der Barde wütend, spuckte mit einem lauten »Tuuu« auf den staubbedeckten Trecker, und die rinnende Spucke zog eine dünne, rote Schneise durch den Lack.

»Zur Hölle mit der Çukurova, zur Hölle mit dem Motor!«, rief Yusuf und spuckte auch.

»In Stücke fallen und jedes Stück irgendwohin!«, rief Memed und spuckte.

Und erst nachdem Klein Memed vom Trecker ein Stückchen weg war, drehte er sich ihm wieder zu und rief: »Stirb, stirb, ja!«

Klein Memeds Spucke kam nicht bis zum Trecker.

Kurz darauf überholte sie in einer Staubwolke der Trecker, den sie sich angeschaut hatten.

»Fahr zu!«, zischte Hösük mit knirschenden Zähnen. »Fahr zu den Brotdieben, du Heimzerstörer, fahr zu!«

»Wir finden schon Arbeit«, sagte Memed. »Ich habs im Gefühl. Wäre ja schlimm, wenn wir keine fänden. Wir müssen!«

Yusuf war ein ziemliches Stück zurückgefallen. Memed drehte sich um und sah ihn im Staub hocken und sich wie beim rituellen Gebet beugen und strecken.

»Was ist denn mit dem Yusuf los?«, fragte Memed.

»Wäre er nur nicht mitgekommen, es geht ihm gar nicht gut«, antwortete Ali der Barde.

Hösüks Gesicht verzog sich vor Wut. »Geht man mit einem zusammengekniffenen Arsch denn in die Çukurova? Erst schimpft dieser Verrückte auf die Ebene, und dann kommt der Hundesohn hinter uns her!«

»Hösük, hör damit auf!«, beschwor ihn Ali der Barde. »Es ist nun einmal das Tor zum Brot! Vielleicht kann ich mir ein paar Kuruş zusammenverdienen, hat er sich gesagt, hat all seine Kraft zusammengerafft und ist uns gefolgt. Denkst du denn, er weiß nicht, wie es um ihn steht? Welche Scheiße soll er denn sonst fressen? Die Not ist ein Hemd aus Feuer!«

»Wäre er doch nicht mitgekommen, der Hundesohn«, grummelte Hösük.

»Was ist mit dir?«, fragte Ali der Barde, als sie bei Yusuf waren. »Steh auf, Bruder!«

»Keine Kraft in den Knien«, wimmerte Yusuf. »Ich konnte nicht mehr weiter. Und mein Herz klopft so...«

Ali der Barde fasste ihn an die Schulter. »Steh auf, es geht gleich vorbei, nur nicht weich werden!«

»Ja, es geht vorbei«, nickte Yusuf. »Das passiert mir oft, und jedes Mal geht es wieder...«

Erst nach einer ganzen Weile stand er auf.

Es wurde Abend. Die Sonne glitt hinter die Berge, die Ränder der weißen Wolken glänzten golden. Auf einem nahen Reisfeld standen Störche auf einem Bein und grübelten. Vielleicht schliefen sie auch. Die grünen Schösslinge waren fingerlang, gelbes Wasser floss unter ihnen und sammelte sich in einem Graben am Feldrand. Eklig gelbes Wasser...

Hösük legte sich bäuchlings an den Grabenrand und begann aus der hohlen Hand zu trinken.

»Hösük, Hösük«, schrie Yusuf, »trink nicht! Dieses Wasser ist das reinste Gift. Trink es nicht! Du stirbst auf der Stelle. Um Gottes willen, tus nicht, Bruder! Ich habe es getrunken, und das hier ist aus mir geworden.«

Hösük scherte sich nicht, er trank, bis sein Durst gestillt war. Danach tranken Ali der Barde, Memed und Klein Memed, während Yusuf jammerte und flehte, »Gift!«, brüllte, »Tod!«, brüllte, »Wir haben Kind und Kegel!«, brüllte. Es nützte nichts. Als sie sich aufrichteten und an den Grabenrand setzten, hielt es auch Yusuf nicht länger, er lehnte sich bäuchlings über den Graben, schöpfte das Wasser in die hohle Hand und trank.

»Was ist das denn?«, spöttelte Hösük, doch Ali der Barde verschloss ihm den Mund.

»Lass ihn zufrieden, Hösük, rühr den Armen nicht an!«

»Wir finden Arbeit!«, wiederholte Memed. »Das sagt mir mein Gefühl. Nicht auszudenken, wenn wir keine finden.«

»Ja, ja, finden wir«, entfuhr es Hösük. »Sogar sehr gute Arbeit... Hast dus nicht in deinen Träumen gesehen?«

»Mein Gefühl sagt es mir«, antwortete Memed.

»Meines auch«, sagte Klein Memed. »Ochsen... Die Hörner langgebogen...«

»Hör endlich auf!«, schimpfte Hösük. »Hör endlich auf, du glatzköpfiger Hundesohn!«

»Vergreif dich nicht an dem Jungen!«, sagte Ali der Barde.

»Er treibt einen ja in den Wahnsinn«, rechtfertigte sich Hösük. »Wir finden kein Stück Brot, und der Kerl hat nichts weiter im Kopf als Ochsen.«

»Er ist eben einfältig«, sagte Ali der Barde, »ein dummes Kind. Sind dir noch nie dumme Gedanken durch den Kopf gegangen?«

»Sind sie schon«, lenkte Hösük ein, »und ich habe in meinem Leben nicht einmal ein Kalb gehabt, geschweige denn einen Ochsen.«

»Und er ist genau wie du«, sagte Ali der Barde.

»Es reicht, Ali!«

»Es ist aber so«, entgegnete Ali der Barde.

Die Nacht brach herein, es wurde schnell dunkel, das Himmelszelt war mit Sternen überzogen. Es waren ihrer so viele, neben- und übereinander so viele, dass du meinen konntest, der Himmel bestünde nur aus Sternen.

Im Reisfeld quakten alle Frösche, in der Ebene heulten alle Schakale.

Sie rollten ihre Decken zu Kopfkissen und streckten sich aus. Wie eine dunkle, dröhnende Wolke kamen die Stechmücken über sie, wie spitze Nadeln drangen ihre Rüssel durch die Kleidung. Die Männer wälzten sich von einer Seite auf die andere, es nützte nichts, sie scheuchten die Mücken, es brachte nichts. Und wo die Quälgeister landeten, ließen sie Schwellungen zurück. Sie begannen sich zu kratzen, kratzten und kratzten.

»Hört auf damit!«, sagte Yusuf. »So könnt ihr nicht schlafen. Bis morgen früh zerstechen sie euch. Wie wilde Köter verbeißen sich hier die Mücken in den Menschen. Ihr müsst Feuer machen. Ans Feuer kommen sie nicht. Sie mögen keinen Rauch.«

»Das stimmt«, sagte Hösük, »ich erinnere mich. Ich war schon einmal im Sommer in der Çukurova.«

Von den Ballen beim Mähdrescher brachte er einen Arm voll gebündeltes Stroh, schichtete es, zündete ein Streichholz an, und knisternd züngelten die Flammen.

Ein weißer, lichter Streif zog eine dünne Bahn durchs Dunkel, spiegelte sich im Wasser des Grabens. Als sie Yusuf im Schein des Feuers sehen konnten, erschraken sie. Sein Gesicht war eingefallen und aschfahl, die Haut spannte sich, der Mund stand offen.

»Moskitos kommen nicht zum Licht. Wir halten das Feuer bis morgen früh so in Gang«, sagte Hösük.

»Wir halten es in Gang«, nickte Ali der Barde.

»Die Mücken der Çukurova …« sagte Hösük.

»Sei bloß still«, unterbrach ihn Ali der Barde. »Da war einmal ein armer Junge …«

»Trags vor, Barde!«, bat Hösük. »Seit wir in der Çukurova sind, hast du weder gesungen noch gespielt.«

»Es hat sich nicht ergeben«, sagte Ali der Barde.

Yusuf begann zu wimmern.

»Gott gebe, dass es dir bald besser geht!«, wünschte ihm Ali der Barde.

Hösük brachte noch einen Arm voll Strohbündel und warf sie ins Feuer.

Die Hitze des Feuers in der Hitze dieser Sommernacht – in Bächen rann der Schweiß über ihre Gesichter.

»Erzähl doch weiter, Bruder Ali, was du eben angefangen hast!«, bat Hösük und berührte ganz leicht Ali des Barden Schulter. Und Ali nahm seine Laute, stimmte sie und begann:

»Es war einmal ein armer Junge aus unserer Gegend. Er war einem Mädchen in Liebe zugetan. Doch der Vater wollte ihm seine Tochter nicht geben, sagte: Bring mir erst einmal zweitausend Lira Brautgeld, dann kannst du sie haben! Aber der Junge war arm, hatte nichts am Leib und darbte schon ums tägliche Brot. Jahrelang lief er dem Mädchen hinterher, und fragt mich nicht, wie verliebt das Mädchen in ihn war! Eines Nachts ergriff er ihre Hand und sagte: ›Auf in die Çukurova!‹ Und sie kamen in die Ebene. Die beiden, unerfahren, versteckten sich und verließen aus Angst, die Staatsgewalt könnte sie entdecken und voneinander trennen, gemeinsam ihr Versteck erst nachts. Denn der Vater des Mädchens war reich, und sein Arm reichte sehr weit. Der Junge wagte sich auch tagsüber hinaus, ging über die Dörfer, bettelte um Brot. Eines guten Tages versteckte er das Mädchen in einem Graben bei einem Reisfeld und ging wieder auf Brotsuche. Diesmal verspätete er sich und kam erst zurück, als es dunkel wurde. Doch das Mädchen war nicht da, wo er es zurückgelassen hatte. Er schaute sich um, das Mädchen war nicht zu sehen. Bis in den Morgen hinein suchte er die Umgebung ab, vergoss er blutige Tränen. ›Cennet, Cennet!‹, rief er die ganze Nacht. Als der Tag anbrach und Ungläubige von Muslimen schon zu unterscheiden waren, gelangte er an eine Senke. Und was muss er sehen? In einem Graben einen Haufen weißer Knochen, daneben wie geringelte Schlangen die blauschwarzen Zöpfchen des Mädchens und dazu noch Fetzen ihres Kleides. Als der Junge das sah, drehte er durch. Die Moskitos haben das Mädchen zerstochen, haben es mit ihren Stechrüsseln gefressen, so geht die Geschichte, und wer sie zum ersten Mal erzählte, möge es verantworten!«

»Es stimmt«, rief Hösük. »Würden uns die Mücken jetzt nicht auch fressen, wenn wir kein Feuer hätten?«

»Bis auf die Knochen«, nickte Memed.

»Und der Junge hockte sich vor die weißen Knochen, nahm die Zöpfchen in die Hand und sang die Totenklage«, fügte Ali der Barde hinzu.

»Erzähle weiter, Barde, und ich bin dein Diener!«, bat Hösük.

Ali der Barde zog die Laute an seine Brust, beugte sich über sie und legte los. Die Laute sprach mit Engelszungen, und der Barde sang. Er hatte eine Stimme wie der berühmte Sänger Veysel, so schön, eine Stimme, die sich in den Menschen einbrannte. Der Barde sang, und die andern erstarrten. Außer trunkenen Seufzern kam kein Wort über ihre Lippen. Das Lied verklang.

»Und dann«, fuhr Ali der Barde fort, »nahm der Junge die blauschwarzen Zöpfe des Mädchens in die Hand und wanderte durch die Dörfer der Çukurova, und wer ihm über den Weg lief, dem klagte er sein Leid, dem sang er seine Totenklage, dem, und Gott bewahre auch unsere Feinde davor!, riss er das Herz in tausend Stücke.«

Voller Leidenschaft griff der Barde wieder in die Saiten, beugte sich immer tiefer über seine langhalsige Laute, krümmte sich zusammen, dass man meinen konnte, ein Fünfjähriger säße da, und seine kräftige, sehnsuchtsvolle Stimme hob und senkte sich, wütete und weinte, wellte durch das nächtliche Dunkel, füllte die ganze Ebene.

Er sang vom Leid und der Liebe, von der Schwindsucht und dem Sumpffieber, von Babys und von Kindern, von der Einsamkeit und der Fremde, vom Roten Fluss und den Gewässern des Seyhan und Ceyhan, von der Çukurova, ihren Moskitos und den grausamen Motoren, von der zerstörten Welt, den schönäugigen Gazellen und schneebedeckten Bergen, von Krume und Knechtschaft.

Er sang bis Tagesanbruch. Als es im Osten golden glänzte und die Morgenbrise aufkam, legte er seine Laute behutsam beiseite und sprach kein Wort mehr. Jetzt lag ein friedlicher, glücklicher Schimmer auf seinem Gesicht.

»Barde«, sagten sie, »Gott verschone dich vor Leid und bewahre dich vor Not, und möge zu Gold werden, was du in die Hände nimmst!«

Sie erhoben sich und machten sich auf den Weg. Das Feuer brannte noch, war bald nicht mehr zu sehen, nur eine dünne Rauchfahne stieg noch weit hinter ihnen in den Himmel.

Akköy hieß das nächste Dorf, durch das sie kamen. Verstreut standen zerfallene, mit Stroh gedeckte und notdürftig mit Kuhfladen geflickte Schilfhütten an einem Hang. Bellende Hunde verfolgten sie, als sie an einer Hütte vorbeigingen, vor der ein triefäugig blinzelnder, gebückter alter Mann sie zu sich winkte und laut begrüßte.

»Woher kommt ihr, wohin geht ihr?«

»Wir kommen aus dem Osten und suchen Arbeit.«

»Die Arbeit ist jetzt in des Tigers Rachen«, sagte der Alte, »nehmt sie euch, wenn ihr könnt!«

»Vielleicht gelingt es uns!«, sagte Memed.

»Diese Çukurova ist nicht mehr die Çukurova, die du kennst. Himmel und Erde sind voller Traktoren«, entgegnete der alte Mann. »Aber unser Veli hat ein flachgelegtes Getreidefeld, das die Maschinen nicht mähen können«, rief da der alte Mann und eilte zu ihnen an den Wegrand. »Ihr Bergbauern könnt doch gut mit der Sichel umgehen!«

»Ja, das können wir sehr gut«, nickte Memed.

»Und wie gut wir das können«, brüstete sich Hösük.

»Ich kann es auch«, rief Klein Memed.

»Ja, auch du kannst sicheln«, nickte Ali der Barde, »was sollte dich auch daran hindern.«

Der alte Mann gab ihnen einen Jungen mit, der sie zu Veli Agas Haus führte.

»Veli Aga«, rief der Junge schon von weitem, »dein Vater hat dir die hier geschickt. Sie werden Getreide sicheln. Sie sollen es gut können, sagt dein Vater. Genauso gut wie ein Mähdrescher.« Seine zerrissene schwarze Pluderhose festhaltend, machte er sich dann im Laufschritt davon.

»Gut, dass ihr gekommen seid«, rief Veli. »Ich habe ein flachgelegtes Kornfeld, das mit Maschinen nicht zu mähen ist, mit keiner Maschine.«

»Wir sicheln es«, sagte Memed.

»Für wie viel Lira macht ihr es?«

»Lass uns erst einmal das Feld anschauen!«

Nachdem sie sich erfrischt und getrunken hatten, gingen sie zum Feld. Von Wind und Wetter geknickt lagen zwanzig Morgen Weizen flach wie eine Bastmatte. Nicht ein aufrechter Halm!

»Bruch, so weit das Auge reicht«, rief Ali der Barde.

»Nichts zu machen«, jammerte Veli. »Ein Tiger hätte sie nicht platt machen können. Halme stark wie Bambus. Es war Gottes Wille! Wie gut, dass ihr hier seid.«

Sie einigten sich auf zwanzig Lira für zwanzig Morgen Weizen, schliffen ihre Sicheln und machten sich gleich an die Arbeit.

»Hab ich nicht gesagt, wir finden Arbeit?«, freute sich Memed. »Ich habs im Innersten gefühlt. Sieh dir doch diese Çukurova an, eine ganze Welt! Und da solls keine Arbeit geben? Hauptsache du willst.«

Sie legten sich ins Zeug. Yusuf saß zusammengeschrumpft auf einem Stein. Seine Sichel hatte sich Klein Memed gegriffen.

Als Veli losgehen wollte, um Essen zu holen, ging Klein Memed zögerlich zu ihm. »Onkel«, fragte er leise, »gibst du auch mir meinen Lohn? Wegen der Langhorns, weißt du...« Er schluckte.

»Was meint der da?«, fragte Veli verwundert die andern. »Ist er verrückt oder so was?«

»Hör nicht auf ihn!«, antwortete Ali der Barde. »Er ist noch ein Kind.«

Wütend kam Klein Memed aufs Feld gelaufen.

»Was hast du zu Veli Aga gesagt, du Töle, du?«, schimpfte Hösük.

»Was soll er schon gesagt haben«, antwortete Ali der Barde. »Wie viel Traktoren es wohl in der Çukurova gibt, hat er wahrscheinlich gefragt, was denn sonst, nicht wahr, Memed?«

»Ja, das habe ich ihn gefragt«, sagte Klein Memed.

Tief gebückt arbeiteten sie rastlos bis in den späten Nachmittag. Unter der strahlenden Sonne brannten ihnen die Schädel. Geknicktes Getreide sicheln bricht einem das Kreuz. Dagegen ist die Mahd aufrecht stehender Halme ein Kinderspiel.

In einem Eimer brachte Veli ihnen Suppe. Sie löffelten mit Heißhunger. Nur Yusuf nahm keinen Happen. Sie baten und flehten, konnten ihn aber nicht überreden zu essen.

Ohne Pause arbeiteten sie nach dem Essen weiter. Sie sichelten und hauten so ins Getreide, dass, wie sie meinten, neben ihnen ein Mähdrescher ein Haufen Scheiße gewesen wäre.

Gegen Abend sahen sie, wie Yusuf wütend seine Sichel aus Klein Memeds Händen riss und verzweifelt zu sicheln begann. Er zitterte am ganzen Körper.

»Tus nicht, Yusuf, so krank wie du bist!«, riefen sie. »Nachher geht es dir noch schlechter und du bleibst elendig in dieser Ebene hängen. Du musst nicht arbeiten. Wir geben dir deinen Anteil.«

Doch sie konnten sich kein Gehör verschaffen. Ohne aufzublicken, zitternd und wie ein Blasebalg keuchend, sichelte er weiter. Dann, nach einer ganzen Weile, sackte er plötzlich zusammen und kippte mit der Sichel in der Hand zur Seite.

Der Barde eilte herbei und hob ihn auf. »Tu so etwas nicht wieder, du bist krank!«, sagte er. Dann brachte er Yusuf an den Feldrand und kam zurück.

Hösük schäumte: »Als er so loslegte, sagte mir eine innere Stimme, pack die Sichel und hau sie ihm über den Schädel, egal was geschieht. Mensch, du weißt, du bist todkrank, was hängst du dich dann noch an unsere Fersen? Bleib, wo du bist, bleib doch im Dorf, du Plage Gottes, musst du ausgerechnet uns heimsuchen? Wo wir doch sowieso schon ...«

»Hösük!«, unterbrach Ali der Barde ihn wütend. »Er isst weder unser Brot, noch trinkt er unser Wasser. Was willst du von einem kranken Mann? Gott hat ihn schon genug geschlagen, sollen wir es auch noch?«

»Er soll bleiben, wo er ist«, beharrte Hösük. »Und da sichelt er auch noch Getreide. Liegt im Sterben und sichelt! War er es nicht, der uns den Weg verlegen wollte? Die Çukurova sei die Hölle und so? Und jetzt auch noch sicheln...«

Sie arbeiteten bis der Tag sich neigte, schafften aber das ganze Feld nicht. Sie steckten ihre Sicheln in die Gürtel und kehrten ins Dorf zurück. Der Westwind stürmte. Veli breitete draußen eine Felldecke aus und sie setzten sich. Dicht bei ihnen hatte eine Kuh das Maul ins üppige Grün versenkt und fraß, ein Kalb ruckte saugend an ihren Zitzen. Ein strenger Geruch nach Pflanzen und Gras breitete sich aus.

Veli brachte eine große Schüssel gekochte Grütze und stellte sie in ihre Mitte. Die Grütze war ohne Fett, es scherte sie nicht, sie langten zu.

Velis Frau hatte vor kurzem entbunden und lag in der Hütte, neben ihr schlief ihr Baby in einem Getreidesieb. Veli hatte noch drei Kinder. Als Klein Memed kurz hineinging, sah er, dass alle drei zitterten. Sie hatten Sumpffieber.

Yusuf aß auch kein Abendbrot. Seine Zähne schlugen aufeinander, es war nicht auszuhalten. Du konntest meinen, auf Kopfsteinpflaster trabten Pferde vorbei. Dazu stöhnte er immerfort, lang gezogen.

»Dieser Mann treibt mich noch in den Wahnsinn«, beschwerte sich Hösük. »In dieser weiten Çukurova auch noch einen Kranken am Hals!«

»Was kommen muss, kommt!«, antwortete Ali der

Barde. »Dagegen kannst du nichts tun. Wir werden es ertragen, Bruder, was bleibt uns anderes übrig.«

Veli brachte das Bett seiner Frau nach draußen und breitete es vor der Hütte aus. Die Kinder legte er daneben. Der Westwind fegte den Staub über die Decken.

Die Männer rollten ihre Decken auseinander und streckten sich auf dem Ziegenfell aus.

Die andern waren schon eingeschlafen, nur Ali der Barde und Veli unterhielten sich noch.

»Soll er mir den Acker doch wegnehmen und mich von dieser Last befreien! Da arbeitest du und schuftest, hast bald keine Zähne, keine Fingernägel, keine Hände und Füße mehr und gibst die Hälfte dem ab, der gar nicht arbeitet, darf das denn sein?«, empörte sich Veli. »Nichts zu Eigen haben ist tausendmal besser als das, hungers sterben ist besser als das!«

»Sag das nicht!«, entgegnete Ali der Barde. »Du irrst dich. Eigene Erde ist doch etwas Besonderes.«

»Wenn die Erde ganz dir gehört, ja. Gehört sie aber einem Fremden, macht sie dich zum Sklaven. Ich schinde mich bis aufs Blut, er weiß es nicht einmal! Du siehst doch selbst, wie es mir ergeht. Wegnehmen wird er ihn mir sowieso. Kaum tauchten die Traktoren auf, verschwanden die Halbpächter. Nur ich bin noch da. Komme, was komme, nur nicht so weiterleben...«

Veli sprach und schimpfte noch eine Weile, doch Ali der Barde war vor Erschöpfung eingeschlafen, er hörte es nicht mehr.

Am nächsten Nachmittag hatten sie die Mahd beendet. Sie baten Veli um kleinere Münzen und teilten brüderlich. Yusuf weigerte sich, das Geld anzunehmen, und erst nachdem Ali der Barde wohl eine Stunde auf ihn eingeredet hatte, konnte er ihm seinen Anteil in die Tasche stecken.

Als Klein Memed das Geld in die Hand bekam, war er völlig verändert. Er drehte und wendete es, betrachtete es von allen Seiten, steckte es in die Tasche, zog es wieder hervor, betrachtete es erneut, ging zu Memed, gab es ihm, forderte es kurz darauf zurück, um es ihm gleich wieder zu geben, nahm es, gab es, bis er es schließlich in die Tasche steckte und nicht mehr losließ. Nur ab und zu zog er es wieder heraus, um es zu betrachten.

Nach einer Weile ging er noch einmal zu Memed und sagte: »Onkel Memed, ich werde ein Gespann Ochsen kaufen, Ochsen mit großen Hörnern, und werde sie nach Hause treiben.«

Hösük wurde fuchsteufelwild und hätte ihn beinahe verprügelt, doch der Barde hinderte ihn daran, wandte sich dann an Klein Memed und rief: »Memed, und du benimm dich nicht immer wie ein Tölpel!«

»Hab ich es euch nicht gesagt, wir finden Arbeit und verdienen Geld?«, frohlockte Memed. »Dieses Jahr werden wir viel verdienen, ich habs im Gefühl.«

Die Frau, die Kinder und die rotbraune Ziege gingen ihm nicht aus dem Kopf.

Danach zogen sie von einem Ort zum andern. Sie sahen viel, erlebten viel, es gab kein Dorf, das sie ausließen, keinen Aga, bei dem sie nicht um Arbeit nachsuchten. Wie die Kelle kreuz und quer den Kessel, wie es heißt, durchkämmten sie die Çukurova. Als sie eines Tages über eine Wiese stapften, versanken sie bis zum Hals im Morast, und erst vom Traktorfahrer, der sie rettete, erfuhren sie, dass sie in einen Sumpf geraten waren.

In der Ebene waren viele Arbeitslose unterwegs, hungernd und abgerissen wie sie und ebenso ratlos und verstört. Auf kniehoch staubigen Landstraßen kamen Staub wirbelnd blaue, gelbe, rote und violette Traktoren, Mähdrescher und riesige Lastkraftwagen vorbei, einige mit so dicker Staubschicht überzogen, dass die Lackfarbe kaum zu erkennen war.

In der Ebene wütete das Sumpffieber, es schüttelte die Menschen, färbte ihre Gesichter aschfahl.

Das Gras verdorrte, das Laub welkte an den Zweigen, brandiges Gelb überzog die ganze Ebene. Am Wegrand sahen sie auch Leichen von Männern, die zusammengebrochen waren. Eines Abends stießen sie wieder auf einen staubbedeckten Toten. Sein Gesicht war bernsteinfarben. Er hielt die Beine steif gestreckt, seine Füße standen aufrecht.

Als die Traktoren kamen, sagt man, hätten sich die Menschen verändert, seien sie plötzlich ganz anders geworden. Sie hatten nur noch Augen für diese Fahrzeuge, vergötterten diese Maschinen, von denen sie zunächst nicht einmal wussten, wofür sie gut waren.

In einem Dorf spuckte ihnen ein junger Aga mir nichts, dir nichts ins Gesicht, verfluchte und beschimpfte die Mütter und Frauen all dieser hirnlosen Tagelöhner, die von den Bergen in die Çukurova geströmt waren! Wäre Ali der Barde nicht dazwischengegangen, Hösük hätte den Mann in der Luft zerrissen. In seiner ungestillten Wut schlug er danach mit der Stirn gegen den Stamm eines staubigen Maulbeerbaums, brüllte, wimmerte, fluchte…

Oft mussten sie tagelang hungern. Ohne Ali den Barden hätte es böse für sie ausgesehen. Er spielte in den Dörfern die Laute und sammelte dafür etwas Brot. In früheren Zeiten hätten die Dörfler, und steckten sie bis zum Hals in Arbeit, ihn dafür auf Händen getragen. Jetzt nahmen sie ihn kaum wahr. Ja, früher hätten sie gejammert und gefleht, um den Klängen aus seiner Laute zu lauschen.

Sie versanken im Staub, der sich mit dem Schweiß, der ihnen vom Rücken rann, vermischte, sodass sie aussahen, als hätten sie im Morast gelegen.

Sie sahen noch nie Gesehenes, ertrugen Unerträgliches. Ali der Barde sang Klagelieder über Plagen und Ängste, über staubige Straßen und grausame Agas und gleich Schlangen zustechenden Moskitos. Wer jetzt seiner Stimme lauschte, der wand sich vor Leid, so gramvoll war ihr Klang.

Was Yusuf angeht, weder wollt ichs erzählen, noch solltet ihrs erfahren, denn auch das hält ein Herz nicht aus, und sei es aus Stein. Zwei Wochen lang schleppte er sich hinter den andern her. Mal schüttelte die Fieberhitze seinen ganzen Körper, mal zitterte er vor Kälte wie im Schnee der Hochebenen. Schließlich konnte er nicht mehr weiter. Er aß nicht mehr, trank gierig nur das blutwarme Wasser der Çukurova. Er bestand nur noch aus Haut und Knochen. Abwechselnd nahmen sie ihn auf den Rücken, meistens war es Hösük, der ihn trug, denn er war der stärkste von allen.

»Lasst mich hier liegen und geht allein weiter!«,

wimmerte Yusuf. »Ich bin euch zur Last geworden. Wie jenen Toten soll mich der Straßenstaub bedecken!«

Die andern scherten sich nicht.

Zuallererst erwachte Hösük. Er ballte seine mächtigen Fäuste und rieb sich die Augen. Sein ganzer Körper schmerzte. Dann erwachte Ali der Barde und dann Memed. Yusuf hatte die ganze Nacht nicht geschlafen und bis in den Morgen hinein gewimmert. Auch jetzt stöhnte er mit zusammengebissenen Zähnen ganz leise. Auf seinem Arm mit der Hand in der Hosentasche liegend, schlief Klein Memed noch immer zusammengerollt wie ein Kleinkind. Es schien, als atme er gar nicht.

Raureif war niedergegangen, sie waren patschnass.

Die Çukurova erwachte. Im nahen Dorf krähten die Hähne. Dann erhob sich der Lärm der angeworfenen Motoren, zu dem sich die Stimmen der Menschen und die Geräusche des Alltags gesellten.

Aus der Erde stieg leichter Dunst, die Stoppeln schimmerten. Hinter dem fernen Gavurberg schoss sprudelnd ein Ballen Lichts empor.

Die ganze Gegend hier wird die Erde von Yüreğir genannt. Sie ist weich und warm wie die Haut einer jungen Frau. Pflanzt du ihr Leben ein, gedeiht es. Da wächst ein Getreide, das, wie es heißt, kein Tiger durchbricht. Mit dreißigfacher, vierzigfacher Frucht. Wenn im Herbst die Baumwolle reift, schmückt sich die Erde von Yüreğir rundum schneeweiß.

Mit der Fußspitze stieß Hösük Klein Memed an. »Aufgestanden, Hundesohn! Schläft hier bis mittags. Eine Plage so schlimm wie der Aga Keklikoğlu!«

»Hösük«, sagte Ali der Barde, »du hast so viele gute Eigenschaften, bis auf diese eine...«

»Aber schau doch, geliebter Barde, wie er da liegt! Hat sich das Geld in die Hosentasche gestopft, hält es mit der Hand fest und liegt auch noch drauf! Und da soll unsereiner nicht durchdrehen? Als seien wir alle Diebe.«

»Der Junge hat es nie gelernt. Muss man es ihm denn einbläuen? Er hat es nie gelernt.«

Den Mund zur Flunsch verzogen, öffnete Klein Memed die Augen.

Sie alle hatten die Nase voll, waren schon längst bereit, umzukehren, aber Memed ließ nicht locker. Und gingen sie dann doch Richtung Heimat, schlug Memed bei jedem Dorf, das er entdeckte, vor, nur noch dort vorbeizuschauen, bat und flehte, bis er sie schließlich überredet hatte und ins Dorf schleppte. Und so waren sie wohl ein Dutzend Mal, nachdem sie schon auf dem Heimweg waren, wieder abgeschwenkt.

Heute sollte damit endlich Schluss sein! Nein, kein Zurück mehr in die Çukurova. Wozu sich hier noch länger arbeitslos und verwahrlost herumtreiben? Sogar Memed hatte die Hoffnung aufgegeben, er ließ den Kopf hängen und sagte: »Brüder, gehen wir zurück, was bleibt uns anderes übrig!«

Hösük hob den wimmernden Yusuf auf und nahm ihn auf den Rücken.

Mit einer Kraft, die ihm niemand zugetraut hätte, begann dieser zu strampeln. »Lasst mich runter, ich habs satt, huckepack durch die Gegend getragen zu werden. Ich bin euch zur Last, lasst mich runter. Ich kann gehen, runter mit mir!«, ächzte er und zappelte, dass seine Füße auf Hösüks Waden trommelten. »Lasst mich runter! Wenn ihr mich nicht runter lasst, sterbe ich.«

»Hör auf damit, Bruder!«, beschwichtigte ihn Ali der Barde. »Wie willst du denn in deinem Zustand laufen? Gib Ruh! Du siehst ja, wir kehren heim!«

Doch Yusuf wollte nicht hören. Er wehrte sich so lange, bis Hösük ihn wütend losließ und weiterging.

Memed und Ali der Barde griffen Yusuf unter die Arme, nahmen ihn in ihre Mitte, hakten sich bei ihm ein und folgten Hösük. Yusufs Kopf hing vornüber, seine Beine verhedderten sich und er kam nur stolpernd voran. Nachdem er sich eine Weile so dahingeschleppt hatte, knickten seine Beine plötzlich ein, und hätten sie ihn nicht festgehalten, er wäre kopfüber im Staub der Straße gelandet.

Memed riss ihn hoch und nahm ihn auf den Rücken.

»Und wenn sie mich umbringen, ich gehe nicht zurück zu Keklikoğlu. Lieber verhungern, als zu ihm zurück, nicht wahr, Onkel Ali?«

»Wäre ich wie du allein, ich pfiffe auf die ganze Welt und kehrte auch nicht zu ihm zurück.«

»Er gibt mir keinen Lohn und auch sonst nichts. Dazu prügelt er mich auch noch halb tot.«

»Wie kann ich jetzt der Frau noch in die Augen sehen?«, stöhnte Memed. »Und was sage ich den Kindern?«

»Versuchst du schon wieder ein Spielchen zu machen, Memed?«, entrüstete sich Ali der Barde, »schon wieder ein Spielchen?«

»Und hätte ich jetzt, jetzt sofort Arbeit«, erboste sich Hösük, »und sagten sie: ›Fang auf der Stelle an!‹, ich bliebe trotzdem nicht. Es reicht, verdammt! Wir haben uns schon zur Genüge lächerlich gemacht. Meine Mutter sei mein Weib, wenn ich noch eine Stunde länger bleibe! Und schenkt man mir die ganze Çukurova mit Busch und Stein samt diesen Motoren und mächtigen Maschinen, ich bleibe nicht!«

Ali der Barde und Hösük gingen nebeneinander. Tief gebeugt unter der Last auf seinem Rücken schleppte sich Memed vor ihnen her. Yusufs Kopf hing zur Seite, seine Stimme war verstummt.

Der Barde ging zu ihm, bückte sich und musterte ihn besorgt: »Hösük!«, rief er, »mit Yusuf sieht es schlimm aus. Sein Hals hängt so kraftlos... Ach wäre er nur rechtzeitig zu Haus, er könnte wenigstens im Kreise seiner Familie...«

»Ich habe keine Hoffnung mehr«, antwortete Hösük. »Ich glaube nicht, dass er rechtzeitig dort sein wird.«

»Schweres Los«, sagte Ali der Barde nur.

»Im Dorf wird seine Frau angelaufen kommen«, fuhr Hösük fort, »seine Kinder werden um uns herumstehen, und was soll ich ihnen erzählen? Wo ist Yusuf geblieben, werden sie fragen... Ach wenn er doch nur am Leben bliebe! Ich werde ein Opfertier schlachten, wenn er nicht stirbt.«

Es wurde schon Abend, als sie in eine Gegend kamen, wo nur Baumwolle angepflanzt worden war. In Reih und Glied bis zum Horizont standen die maschinell gesäten Schösslinge.

Memed bettete Yusuf rücklings auf Ali des Barden Umhang, den dieser auf der weichen Erde eines Baumwollfelds ausgebreitet hatte.

»Der Mann soll nicht auf bloßer Erde sterben«, flüsterte er.

Sie scharten sich um Yusuf. Ab und zu streckte er die Beine aus, rollte sich wieder zusammen, er zitterte und redete mit weit aufgerissenen Augen Unverständliches.

»Bete, Barde!«, bat Memed. »Der Arme soll nicht von uns gehen wie ein Heide.«

Ali der Barde begann vorzubeten.

In jener Nacht hielten sie bis zum Morgen ein Feuer in Gang und wachten bei Yusuf ohne ein Auge zuzutun. Und Yusuf starb nicht, kam sogar wieder ein bisschen zu sich.

Hösük nahm Yusuf wieder auf den Rücken. »Gott gebe, dass er uns nicht stirbt, Gott gebe, dass er noch nach Hause kommt!«

Gegen Mittag verschlechterte sich sein Zustand wieder.

»Ich lasse ihn nicht mehr runter«, sagte Hösük. »Wenn er stirbt, soll er auf meinem Rücken sterben. Bald sind wir aus der Çukurova heraus. Wenn er den Duft der Berge riecht, lebt er wieder auf.«

Etwa eine Wegstunde entfernt zu ihrer Rechten, entdeckten sie ein von hohen Schneeballsträuchern umgebenes Dorf.

Memed kam näher an Ali den Barden heran und ergriff seinen Arm: »Barde«, sagte er, »hör nicht auf diesen Verrückten! Sterben wird Yusuf auf seinem Rücken. Und wir können ihn doch nicht auf einem Baumwollfeld begraben und weiterziehen. Hör nicht auf ihn! Komm, lass uns in das Dorf dort gehen!«

»Geht nicht«, entgegnete der Barde. »Dann stirbt er eben auf Hösüks Rücken.«

»Wozu sind wir denn in die Çukurova gekommen?«, beharrte Memed. »Um zu arbeiten! Yusuf wird sterben. Wenn er stirbt, dann wenigstens in einem Dorf.«

»Ob im Dorf oder hier, wo ist der Unterschied?«

»Die Dörfler beerdigen ihn«, antwortete Memed, »und er kommt wenigstens auf einen Friedhof.«

»Da bin ich nicht so sicher«, sagte Ali der Barde. »Wir sind hier in der Çukurova. Die nehmen uns in ihren Friedhöfen nicht auf, uns Bergler.«

»Und wir kehren so mir nichts, dir nichts um?«, fuhr Memed fort. »Mit leeren Händen? Was sollen wir denn der Welt erzählen? Was sagen wir unsern Frauen, was unsern Kindern?«

»Was sollen wir ihnen schon sagen«, antwortete Ali der Barde. »Wir haben ja schließlich kein Geld verdient und es verspielt.«

»Bruder Barde, dessen Hände und Füße ich küsse! Das Dorf dort ist baumreich. Hast du in der ganzen Çukurova schon so ein Dorf gesehen? Mein Herz sagt mir: komm, gehen wir in dieses Dorf, da gibt es bestimmt etwas zu tun! Hackt mir den Kopf ab, wenn wir in diesem Dorf keine Arbeit finden!«

»Memed!«, rief Hösük schroff über seine Schulter. »Hast du schon wieder ein Dorf gesehen und versuchst, den Barden zu überreden? Geht nur, ich komme nicht mit. Dass wir uns so quälen müssen, haben wir nur deiner Sturheit zu verdanken.«

Memed ging zu ihm und hängte sich an seinen Arm. »Schau, Bruder, der hier auf deinem Rücken wird sterben. Ja, er wird sterben, der Arme. Aber dann soll er wenigstens in einem Dorf sterben und auf einem Friedhof begraben werden. Schau doch hin, hast du in der Çukurova schon so ein Dorf gesehen? Überall Bäume. In diesem Dorf gibt es bestimmt Arbeit. Schneidet mir den Kopf ab, wenn wir hier keine Arbeit finden, mein Blut und mein Leben ist euer.« Und an den Barden gewandt: »Bruder Barde, hör nicht auf diesen Verrückten! In diesem Dorf gibt es Arbeit. Sieh doch, überall Bäume!«

»Wenn ichs nur wüsste«, sagte Ali der Barde, »ach, wenn ichs nur wüsste. Könnten wir doch nur arbeiten ...«

»Du wirst schon wieder weich, Barde«, schimpfte Hösük. »Immer länger in der Ebene herumirren.«

»Ich flehe dich an, Hösük!«, jammerte Memed. »Sieh doch, ein Dorf mit Bäumen. Dort finden wir bestimmt Arbeit.«

»Geht ihr nur, ich komme nicht mit!«, sagte Hösük.

Sie gingen weiter, nur Klein Memed blieb etwas zurück.

»Komm sofort hierher!«, rief Memed jetzt barsch, als er sah, dass der Junge bummelte, und Klein Memed rannte sofort los.

»Ich sage euch doch, dieses Dorf ist baumreich. Da gibt es bestimmt Arbeit. Habt ihr in dieser verdammten Çukurova schon ein Dorf mit so vielen Bäumen erlebt? Und Yusuf ist kurz vorm Sterben. Wenn er aber hier stirbt, wie ich schon sagte ...«

Seine Stimme zitterte, bekam wieder einen weinerlichen Ton, als stünde er kurz davor, mitten in der Ebene niederzusinken und für Yusuf die Totenklage anzustimmen. Und wie im Selbstgespräch jammerte er vor sich hin:

»Ist Yusuf nicht einer von uns, haben wir nicht gemeinsam Wasser getrunken und Brot gegessen? Müssen wir ihn dann nicht in diesem Dorf begraben, im kühlen Schatten dieser Bäume? Vielleicht ist da auch ein Imam, ein Imam, sage ich euch, dem die Gebete wie Honig von den Lippen fließen, mit einer Stimme, so frisch wie das Wasser der Quelle in Meryemçil.«

Die langsam steigende Sonne brannte immer heißer, während sie sich immer weiter vom schattigen Dorf entfernten. Und obwohl Memed sogar in seinen Füßen den Drang zu spüren vermeinte, zurückzulaufen, es gelang ihm nicht, auch die andern dazu zu überreden.

»Und was für ein guter Junge Yusuf doch war. Wie kann man ihn da in dieser flachen Wüstenei sterben, ihn auf dieser wie Asche im Backofen glühenden Erde verbrennen lassen, in dieser niederdrückenden gelben Hitze, die des Menschen Knochen röstet und zum Schmelzen bringt? Ist es nicht schade um Yusuf?«

»Mach du dir nur keine Gedanken um Yusuf!«, knurrte Hösük. »Ich werde ihn tot oder lebendig zu den kühlen Wassern der Berge tragen, wo die Quellen auf weißen Kieseln durch lila blühende Minze rinnen!«

»Memed«, sagte Ali der Barde, »nun sind wir doch schon so lange herumgezogen und haben noch keine Arbeit gefunden in dieser Çukurova, möge sie verdorren und in Trümmer fallen!«

»Aber dieses Dorf ist voller Bäume«, wiederholte Memed.

»Was besagt das schon«, sagte Ali der Barde.

»Hört mich an, Hösük, Ali der Barde, Klein Memed und auch du, Yusuf!«, begann Memed von neuem.

Als die Angesprochenen mitten auf der Straße stehen blieben, war Memed so überrascht, dass er nicht mehr weiter wusste und eine Weile überlegte.

Von hier bis zum Mittelmeer dehnte sich die Erde in brandigem Gelb, das erst weit in der Ferne in ein sonnendurchflutetes, dunstiges Blau überging.

Memed streckte seinen langen Hals Hösük entgegen: »Werden die Dörfler etwa nicht angelaufen kommen, kaum dass über dem Bergpass unsere Köpfe sichtbar werden?«

»Sie werden angelaufen kommen«, antwortete Hösük.

»Und was werden wir ihnen sagen?«

»Wir sagen ihnen, die Çukurova ist untergegangen.«

»Das werden wir ihnen erzählen?«, fragte Memed spöttisch.

»Das werden wir ihnen erzählen«, sagte Ali der Barde mit milder Stimme noch spöttischer.

»Und was sagen wir unseren Kindern?«

»Die Erde hat sich aufgetan und die Çukurova ist verschwunden.«

»Und was soll ich ihnen erzählen?«

Hösük wurde wütend: »Was du erzählen wirst, wissen wir!«, rief er, drehte sich den Bergen zu und marschierte weiter.

»Geh doch!«, schrie Memed hinter ihm her. »Geh doch bis zum Grund der Hölle! Auf dass deinetwegen eure Frauen diesen Winter mit Kind und Kegel hungern!«

Er stand mitten auf der staubigen Landstraße, hatte die Arme weit zur Seite gestreckt und sein Gebrüll klang wie ein Hilfeschrei. »Und Yusuf wirst du töten, du wirst sein Blutschuldner sein! Vielleicht gibt es in diesem Dorf einen Hodscha, der Talismane mit Zaubersprüchen beschreiben kann, und der arme Yusuf kommt mit dem Leben davon. Vielleicht hat das Dorf einen Krankenpfleger, der ihm Spritzen oder Tabletten gibt, und Yusuf wird vielleicht gesund. Und sieh doch hin, wie viel Bäume dort stehen! Vielleicht steht da auch ein Brunnen mit kühlem Wasser, sprudelt dort eine eiskalte Quelle, und vielleicht kommt Yusuf wieder zu sich, wenn er das frische Quellwasser trinkt.«

Je länger er so redete, desto grimmiger wurde Hösük, der unter der Last auf seinem Rücken immer mehr schwitzte, und obwohl sie schon längst weitergegangen waren, stand Memed immer noch da und maulte Unverständliches in sich hinein, während eine über ihn dahinziehende große Wolke ihn eine Weile in ihren langen Schatten tauchte. Als die Sonne wieder hervorkam, wurde die bleischwere Hitze noch unerträglicher. Von Yusuf war kein Laut zu hören, wie tot hing er auf Hösüks Rücken und seine baumelnden Füße zeichneten lange Spuren in den Straßenstaub.

Das grelle, von den glänzenden Stoppeln widerstrahlende Sonnenlicht brannte schmerzhaft in den Augen. Geblendet, wagten die Männer nicht aufzuschauen, starrten nur vor sich hin. Ihr Schweiß troff, Durst brauste in ihnen. Auf dünnen, roten Beinen stieksten Störche mit vorgestreckten, langen Hälsen nickend über die umliegenden Felder. Gekoppelt an einen Traktor, kam ihnen langsam ein Mähdrescher entgegen. Dahinter gingen dreißig, vierzig Tagelöhner, barfuß, mit aufgekrempelten Hosenbeinen, als wateten sie durch eine Furt. Erschöpft und lautlos zogen sie an den Männern, die an den Wegrand ausgewichen waren, vorbei.

»Mit Bäumen bestanden und kühl«, sagte Memed, während sie sich wieder auf den Weg machten. »Und in dieser Gegend hier gibt es nicht einmal ein bisschen Wasser. Wenn es so weitergeht, werden wir in dieser Wüste verdursten. Und die grauen Adler werden unser Fleisch fressen, sofern wir noch solches haben, und unsere weißen Knochen in diesen Brandherd werfen.«

»Das werden sie«, nickte Hösük versöhnlicher.

»Und da drüben das Dorf, und seht, wie viele Bäume!«, rief Memed ermutigt. »Und da soll es keine Arbeit geben? Schaut doch, auch der Mähdrescher fährt dorthin. Und vielleicht gibt es einen Talisman ... Yusuf wird sterben ... Seine Leiche wird stinken ... Ist euch nicht aufgefallen, wie uns die Tagelöhner eben gemustert haben? Mit großen Augen, als betrachteten sie seltsame Tiere?«

»Warum sie uns wohl so gemustert haben?«, überlegte Ali der Barde.

»So gucken sie eben«, meinte Hösük.

Schon seit geraumer Zeit wollte Klein Memed sich zu Wort melden, konnte sich aber nicht dazu durchringen. Jetzt platzte es aus ihm heraus:

»Ich sterbe vor Durst. In dem Dorf dort stehen Bäume. Warum gehen wir nicht hin? Vielleicht gibt es dort auch Arbeit.«

»Ist es denn möglich, dass es dort keine Arbeit

gibt?«, rief jetzt auch Ali der Barde. »Ein Dorf mit Baumbestand und keine Arbeit? Ich bin schon tot vor Durst.«

Memed, der ziemlich weit vor ihnen ging, verhielt plötzlich den Schritt, drehte sich um und schaute ihn ungläubig an.

»Ich bin tot vor Durst, Memed«, wiederholte Ali der Barde. »Warum glotzt du mich so an?«

Auch Hösük war stehen geblieben. »Ich bin erschöpft«, ächzte er und setzte Yusuf in einen mannshohen, staubbedeckten Eibisch ab, dessen rosa Blüten sich handgroß geöffnet hatten. Kraftlos hingen Yusufs Beine auf den niedergedrückten Stauden. Die andern kamen zu ihm und setzten sich daneben. Kurz nur zog der Schatten einer Wolke über sie hinweg und kühlte sie ein bisschen ab, doch dann senkte die Hitze sich mit ihrer ganzen Schwere wieder auf sie herab. Es wehte nicht der kleinste Hauch, und die Erde erhitzte sich wie glühendes Eisen unter der Esse. Der Fußmarsch würde jetzt noch beschwerlicher werden.

Auf einer rosa Eibischblüte hockte wie erstarrt ein blauer Schmetterling.

Mensch!, dachte Memed, der sich nach dem Falter umgesehen hatte, was hat dieser Schmetterling hier zu suchen, in diesem Feuerofen Gottes, wo es keinen Tropfen Wasser gibt?

»Schau!«, sagte er und stieß Ali den Barden an. »Ein Schmetterling! Während es in diesem Backofen überall brennt.«

»Nicht zu fassen!«, entfuhr es Ali. »Und groß wie ein Vogel... Wer weiß, welcher Wind ihn hergeweht hat.«

»Das wundert mich sehr«, meinte Hösük. »Im Sommer so ein großer Schmetterling. Er rührt sich nicht. Vielleicht ist er tot.«

»Er ist nicht tot!«, schrie Yusuf auf. »Seht doch, seine Flügel beben in der Hitze. Da kann er doch nicht tot sein.«

Yusufs Aufschrei freute sie mehr, als er sie erschreckte.

»Vor uns am Fuße der Felsen des Anavarza ist ein Sumpf, da gibt es sommers und winters Schwärme dieser Schmetterlinge.«

»Ich hab sie auch schon gesehen«, sagte Klein Memed. »Wie Wolken sind sie über uns hinweggeflogen. Sie waren dunkelblau und glänzten wie Gold.«

»Wie eine dunkelviolette Sternenwolke glitten sie glitzernd zu den Anavarzafelsen«, schwärmte Ali der Barde. »Die Felswände färbten sich violett, die Sterne blinkten und erloschen... Orange, grüne, quittengelbe Schmetterlinge...«

»Dieser Schmetterling ist tot«, bemerkte Hösük.

Die andern schwiegen. Ihre Augen ruhten auf dem Schmetterling, dessen Flügel größer waren als die Blüten des Eibisch. Der Schmetterling bewegte sich nicht.

Die Schatten einiger Wolken glitten über sie hinweg, die Männer saßen still da und ließen den Schmetterling nicht aus den Augen.

Nur Klein Memed konnte nicht an sich halten und sagte frei heraus, was allen auf dem Herzen lag:

»Gott gebe, dass er nicht gestorben ist!«

»Gott gebe es!«, sagte Memed, und die anderen wiederholten die Worte.

Doch keiner von ihnen wagte, aus der Nähe zu prüfen, ob der Schmetterling noch lebte oder schon tot war.

Kurz darauf, der kühlende Schatten einer größeren Wolke stand gerade über ihnen, fuhr ein Auto, den Staub zur Seite wirbelnd, so schnell an ihnen vorbei, dass die mit rosaroten Blüten geschmückten Eibischstauden, auf denen der blaue Schmetterling hockte, leicht schwankten. Der mit ihnen schaukelnde Schmetterling rührte sich nicht vom Fleck.

»Ich gehe ihn wecken«, rief Klein Memed, »er schläft.«

Beklommen und behutsam näherte er sich dem Schmetterling. Doch kaum hatte er seine Hand nach ihm ausgestreckt, als er mit einem Schrei wie erstarrt verharrte. Mit dem Aufschrei war der Schmetterling eine Handbreit aufgeflogen und dann seelenruhig auf seinem angestammten Platz niedergegangen.

Mit dem Flug des Schmetterlings waren alle freudig aufgesprungen.

»Er ist geflogen«, lachte Yusuf.

»Ja, geflogen«, jubelten die andern.

»In dem Dorf wachsen Bäume...«, sagte Memed.

»Ein schönes Dorf«, sagte Hösük. »Mit Bäumen. In dem Dorf gibt es auch Arbeit.«

Plötzlich waren sie sich einig, wandten sich dem Dorf zu und gingen los.

Wie ein Leithund trottete Klein Memed vor ihnen her. Plötzlich drehte er sich um und rief: »Wenn wir Arbeit finden, und ich meinen rechtmäßigen...«

»Dass doch dein Genick breche!«, brüllte Hösük.

»Reg dich nicht auf!«, lachte Memed. »Sieh doch, sogar Yusuf ist jetzt quicklebendig!«

»Sonderbar«, wunderte sich Hösük. »Was ist nur mit diesem Mann los?«

»Wartet noch ein bisschen ab«, antwortete Ali der Barde, »und er ist wieder ganz gesund.«

Weit im Süden begannen die über dem Mittelmeer sachte aufsteigenden Quellwolken sich in Pappelhöhe zu ballen. Wispernd streifte die Männer eine schwache Brise, fächelte einen kaum wahrnehmbaren Duft von Salz und Meer an ihre Nasen. Bis zu den Knöcheln versanken sie im Staub, der sich in den Opanken festsetzte, und ihnen war, als gingen sie über glühende Kohlen.

Es war schon früher Nachmittag, als sie ins Dorf kamen. Sie waren erschöpft, müde und hungrig. Mitten im Dorf überschatteten drei große Maulbeerbäume einen weitläufigen Platz. Am Fuße des mittleren Baumes stand eine große, rot lackierte Pumpe, um sie herum steinerne Tränken. Der Erdboden unter den Maulbeerbäumen war sorgfältig besprengt, im Baumschatten waren Stühle und Bänke aufgestellt worden. Rings um die gepflasterte Brunnenumrandung sprossen Samtblumen und Basilikum. Ein einzelner, mit weit geöffneten rosa Blüten bedeckter Rosenbusch verbreitete seinen Duft.

Als sie den Schatten der Bäume erreichten, waren sie ganz außer Atem. Memed hängte sich gleich an den Schwengel der Pumpe.

»Yusuf!«, rief er, als das Wasser sprudelte, und Yusuf ging zu ihm.

»Halte deinen Kopf unters Rohr!«

»Lass mich zuerst einen Schluck trinken!«

»Das geht nicht«, sagte Memed. »Es bekommt dir nicht, wenn du so verschwitzt gleich Wasser trinkst. Halte deinen Kopf unters Wasser!«

Yusuf streckte seinen langen Hals unter die Pumpe, und wie der Strahl eines Bergquells klatschte das Wasser auf seinen Schädel. Eine Welle der Freude durchfuhr ihn, und für einen Augenblick vergaß er seine Krankheit, er fühlte sich quicklebendig.

Nach ihm streckten Hösük, dann Ali der Barde und Klein Memed die Köpfe in den kräftigen Wasserstrahl. Danach pumpte Ali der Barde, und Memed hielt seinen Kopf unters Wasser. Anschließend tranken sie aus der hohlen Hand, bis ihre Bäuche schwollen.

Sie setzten sich auf die niedrige Brüstung der Brunnenumrandung, und erst als sie die Augen schweifen ließen, entdeckten sie die vier Alten auf den nahen Bänken. Die alten Männer hatten ihre Bärte lang wachsen lassen, scheuchten hin und wieder die zu hunderten auf ihren Gesichtern landenden Fliegen und dösten. Schräg gegenüber spielten fünf oder sechs Kinder lautstark mit ihren Murmeln. Die Türen der Lehmhäuser im Hintergrund waren geschlossen. Im Schatten von verschiedenfarbigen großen und kleinen Traktoren mit Rädern oder Raupen führten Glucken mit lockendem Gegacker Knäuel von Küken in den Vorhöfen spazieren. Und der aufgeplustert dahinschreitende riesige Truthahn war nicht einmal Yusufs Augen entgangen.

Wortlos hockten sie alle nebeneinander bis der frühe Abendwind aufkam und über dem Mittelmeer Quellwolken aufstiegen. Traktoren, Lastwagen, Mähdrescher und Pferdegespanne fuhren durchs Dorf, sonst waren in den Gassen weder Menschen noch irgendwo Tiere zu sehen. Als sei das Dorf noch im Schlaf. Erst als es durch die Brise etwas abkühlte, kamen aus den Häusern einige Frauen zum Brunnen, pumpten ihre Eimer voll und kehrten, still wie sie gekommen waren, in ihre Häuser zurück. Zwei der Alten husteten lange. In einem Vorhof standen Sonnenblumen, sie hatten ihre schüsselgroßen Blütenkörbe der Sonne zugewandt.

»Ich sterbe, ich friere und ich sterbe«, wimmerte Yusuf plötzlich, ließ sich vom Mäuerchen fallen und wälzte sich im Staub und Schlamm. »Ich friere, ich erfriere, ich sterbe, mir fällt das Fleisch von den Knochen.«

Hösük war sofort bei ihm. Mit aneinander gepressten Händen stand er vor ihm. »Tu uns das nicht an, Yusuf!«, flehte er. »Wir haben uns so gefreut, als es dir heute besser ging. Tu uns das nicht an, stürze uns nicht ins Unglück! Weh uns, weh uns, wenn du ...«

Hilfe suchend blickte er mit flatternden Augenlidern um sich. »Komm und halte deinen Kopf unter die Pumpe, vielleicht hilft es. Komm, Yusuf!«

»Ich friere, ich sterbe ... Ich brenne ...«

Wutentbrannt eilte Hösük zum Brunnen und pumpte, dass das Wasser über den Rand der Tränke schwappte. Wie ein Wahnsinniger pumpte er eine Weile so weiter. Außer Atem hörte er schließlich auf, ging zu Memed und hockte sich, als sei er ihm böse, mit dem Rücken zu ihm auf die Mauer.

Gemächlich erhoben sich die alten Männer von ihren Bänken, scharten sich um Yusuf und schauten verwundert zu, wie dieser sich auf dem Boden wälzte.

»Sumpffieber«, sagte einer von ihnen. »Sieben Jahre lang war mir auch so heiß und kalt. Dann kam Mustafa der Heiler und machte mich gesund. Mustafa gab den Fieberkranken Chinin und besprach sie auch. Von beidem wurden sie gesund. Und wenn weder Chinin noch Besprechen half, schickte er sie dorthin ...«

Der Mann redete in einem fort, doch wo sich dieses Dorthin befand, war nicht herauszufinden, obwohl der Alte dauernd wiederholte, dass dieser Mann sterben würde, wenn er es bis dorthin nicht schaffe.

»Dieser Mann wird sterben.«

Hösük hatte die Ohren gespitzt, er ließ sich nicht ein einziges Wort entgehen. Nach und nach standen immer mehr Einheimische mit Kind und Kegel beim Kranken.

»Diese Bergler halten auch gar nichts aus«, sagten sie bedauernd. »Von sieben bis siebzig haben wir doch alle gefiebert und gefroren und dann das Sumpffieber wie nichts abgeschüttelt. Die brauchen es nur einmal zu bekommen, und schon sterben sie so wie der da.«

»Sie sind fladenweich, diese Bergler ... Was sollen die Armen denn tun, wenn sie nichts aushalten können?«

»Und keine Arbeit haben«, sagte eine junge Frau, an deren Haartracht und Kopftuch die frisch getraute Braut zu erkennen war.

»Seit zwei, drei Jahren strömen diese Armen von den Bergen herunter, werden vom Sumpffieber befallen und sterben, oder sie verhungern, weil sie keine Arbeit finden.«

Eine Frau mit einem Becher Wasser und drei Chinin-Tabletten in der Hand kam herbeigeeilt. »Schluck sie alle drei, sonst stirbst du, noch bevor der Morgen kommt! Dich hat das besonders giftige Fieber erwischt, das wirst du nicht mehr los.«

»Dich, mein Kleiner«, sagte eine alte Frau, »dich sollten deine Kameraden dorthin bringen!«

Hösük näherte sich der Alten. »Wohin?«, fragte er.

Die Frau musterte ihn vom Scheitel bis zum Zeh. »Bist du sein Gefährte?«

»Ich trage ihn auf meinem Rücken seit wir in der Çukurova sind. Er stirbt.«

Die Frau zog ihn am Ärmel beiseite und neigte sich an sein Ohr. »Dorthin«, wiederholte sie. »Jedes Mal, wenn uns früher das Fieber befiel, gingen wir dorthin.«

»Wohin!«

»Nicht so ungeduldig. Dorthin... Darunter sprudelt eine Quelle aus der Erde...«

»Gleich neben dem Granatapfelbaum auf dem Hügel«, ergänzte ein kleines Mädchen, das neben ihm stand.

Drohend ging die Frau auf das Mädchen zu. »Dass dir die Augen ausfallen!«, schimpfte sie. »Redet man denn an jedem beliebigen Ort so offen über den Granatbaum? Dass dich der Teufel hole! Der Platz unter dem Baum ist schließlich die Stätte der Vierzig Auserwählten!« Und an Hösük gewandt: »Kommt zu mir, wenn der Morgen dämmert und der Morgenstern droben am Himmel verblasst, dann sage ich euch wohin! Wenn ihr dort seid, wird Gott euch zu Ehren der Vierzig vom Fieber erlösen, und außerdem...«

Sie zeigte Hösük mit ausgestreckter Hand ihr Wohnhaus und raunte ihm zu, wann genau er dorthin kommen solle und machte sich davon. Doch kurz danach kam sie mit einem Tablett Brot, einem Topf fettem Grützpilaw und einem Krug Trinkjogurt zurück.

»Die Çukurova ist gottlos geworden«, klagte sie, »in der Çukurova ist keine Menschlichkeit mehr. Früher gab es ja auch nicht viel davon, aber heute ist sie ganz verschwunden. Ich stamme auch aus den Bergen dort, Brüder.« Sie drehte sich um und streckte ihre Hand zum spitzen, glutrot dampfenden Gipfel des mächtigen Düldül aus, der über die Kuppen der Blauen Berge ragte. »Von jenem Berg dort, nach dessen Hängen mit den kieselweißen, durch lila Minze rinnenden Quellen ich mich zu Tode sehne. Setzt euch, Kinder und esst! Wer weiß, wie viele Tage ihr schon hungert. Hätte ich doch nur noch ein bisschen Eis für den Trinkjogurt... Für diesen armen, fieberkranken...«

»Wir haben Eis, ich brings dir gleich«, unterbrach sie ein hübsches Mädchen in schwarzem Schalwar, das sich ein paillettenbesetztes Tuch aus Druckkattun um den Kopf geschlungen hatte. Es verschwand im Laufschritt und kam kurz danach mit einer Schüssel Eisbrocken zurück.

Sie breiteten die Essmatte auf dem Brunnenmäuerchen aus, stellten den Topf in die Mitte, legten die Löffel in Reihe, füllten die Becher mit Trinkjogurt und warfen aus den Eisbrocken gebrochene Eisstücke hinein.

»Wohl bekomms!«, wünschten die Dörfler und gingen still beiseite.

Die Männer hoben Yusuf, dessen Fieberanfälle etwas abgeklungen waren, von der Erde hoch, klopften ihn ab, wuschen ihm Gesicht und Hände, setzten ihn an die Tafel und gaben ihm einen Löffel in die Hand. Gierig griff er nach einem Becher, in dem noch Eisstücke schwammen, setzte ihn an und leerte ihn in einem Zug.

Unter den Blicken der Dörfler aßen sie sich satt, bedankten sich und spülten sich den Mund unter der Pumpe.

Die Menge der Einheimischen unter den Maulbeerbäumen wuchs und wuchs. Westwind kam auf und wirbelte dichten Staub durch die Gassen, färbte die Dächer, Wände, Fenster und Türen der Häuser grau. Die Blätter der Maulbeerbäume, die ausgedorrten Pflanzen, die Felder, Sträucher und Kakteen, über alles legte sich eine Schicht grauen Staubes.

Die Menschenmenge stand wortlos, musterte verwundert diese Menschen auf der Brunnenmauer.

Unvermittelt stand Memed auf, ließ seine Augen über die Menge wandern, senkte dann den Blick und sagte: »Gibt es bei euch, in eurem Dorf, keine Arbeit für uns? Deswegen sind wir hier. Wo es doch so viele Bäume hier gibt... Und euer Brunnenwasser, so kühl...«

Dann hob er den Kopf und ließ seine Augen wieder über die Menge wandern. Von niemandem kam auch nur ein Laut. Memed schaute sie an, hielt erwartungsvoll ihren Blicken stand, wartete ab. Zögernd gingen die Dörfler auseinander, zerstreuten sich, und als niemand mehr zu sehen war, ließ Memed sich auf die Brunnenumrandung sinken.

»Und so viele Bäume, und so viele Menschen, und so viele Felder...«

Als die Sonne unterging, rollten sie sich auf der Brunnmauer zusammen. Wolken von Stechmücken fielen über sie her.

»Unter den Bäumen hier können wir nicht schlafen. Wir müssen uns einen Platz suchen, wo wir auch ein Feuer anzünden können«, schlug Hösük vor.

»Barde, sing ein Lied!«, bat Memed. »Spiel uns die Laute und singe bis zum Morgen!«

Auf den Flachdächern hatten die Dörfler ihre Moskitonetze aufgespannt, der Westwind war sanft geworden und wellte sie ganz leicht im Mondschein.

»Ausgerechnet jetzt ein Lied?«, stöhnte Ali der Barde.

»Ja, jetzt«, beharrte Memed. »Vielleicht...«

»Nichts vielleicht! Hier in diesem Dorf gibt es für uns keine Arbeit. Los, gehen wir!«

»Aber diese Frau, diese Frau aus unseren Bergen, na, die uns zu essen gab... Ihr Topf und ihr Tablett liegen noch da. Sollen wirs so liegen lassen?«

»Aber wie sollen wir denn hier einschlafen?«, entgegnete Ali der Barde.

»Vielleicht...«, wiederholte Memed.

»Vielleicht...«, sagte auch Hösük.

»Gegen Morgen, wenn der Osten aufhellt, kommen wir zurück und setzen uns wieder hier hin, vielleicht...«, sagte Yusuf.

Sie erhoben sich, nahmen Tablett, Topf und Löffel, gingen zum Dorf hinaus bis zu einem im Mondlicht aufragenden Hügel, rupften dürres Grass, schichteten es auf und zündeten es an. Kaum schossen die Flammen auf, verzogen sich die Mücken.

»Ich bin euch zur Last geworden, Brüder, zu allem Übel müsst ihr mich auch noch tragen. Hoffentlich bekomme ich morgen keinen Anfall. Hösük schleppt sich meinetwegen noch zu Tode.«

»Hösük wird morgen früh den Weg zu den Bergen einschlagen«, sagte dieser, »und zwar in aller Frühe, noch bevor der Morgen graut. In diesen Dörfern gibt es, Bäume hin oder her, keine Arbeit für uns. Bleibt ihr nur hier! Übrigens, da vorne ist noch ein Dorf mit einem Minarett zu sehen, vielleicht gibt es dort auch Arbeit.«

»Da gibt es Arbeit«, sagte Klein Memed. »In Dörfern mit Minaretten gibt es immer viel Arbeit. Warum sollten sie sonst Minarette in Dörfer setzen?«

»Der Junge hat Recht«, lachte Memed. »Warum sollten sie sonst in Dörfern Minarette bauen, dazu noch weiße und unendlich lange?«

»Unendlich lang«, nickte Klein Memed. »Sogar nachts schimmern sie riesig hoch. Bis in den Himmel hinein.«

»Die können mir diese Çukurova mit Stock und Stein und Minarett schenken, egal«, erregte sich Hösük, »morgen früh beim ersten Tageslicht...«

»Morgen früh beim ersten Tageslicht werde auch ich gemeinsam mit Hösük...«, sagte Yusuf. »Wenn ich bloß nicht wieder krank werde!«

Je weiter das Feuer niederbrannte, sich der Rauch verflüchtigte, desto blutrünstiger stürzten sich die Stechmücken auf sie.

»Wenn es so weitergeht, geht es uns noch allen wie Yusuf«, meinte Ali der Barde. »Wir sollten bis morgen Abend die Berge unter den Füßen haben!« Er nahm seine Laute zur Hand, beugte sich über sie und begann zu spielen. Mit Poleiminze und Hyazinthen umgrenzte Quellen auf weißen Kieseln, sang er... Jede Mücke wurde zum reißenden Wolf... Der Gott, der Yusuf schuf, Er wird uns nicht beachten, sang er... Unsere Knochen werden in der Çukurova bleichen, nicht eine wird sich finden, die uns die Totenklage singt... Wie Kadaver von Hunden werden sie uns in eine Grube werfen... Unsere Rosen sind verblichen, wer weiß, wo unsere Gebeine bleichen werden... Beim Hügel dort ein Granatapfelbaum, wiegt sich seit ewigen Zeiten, spendet den Gequälten Kraft, gibt Darbenden Arbeit, lichtes Wasser quillt unter seinen rosa Blüten...

Bis Tagesanbruch erzählte und sang Ali der Barde viele noch nie gehörte Geschichten und Lieder über den Granatapfelbaum.

»Barde, hast du diesen Baum denn schon einmal gesehen?«, fragte Memed.

»Nein, noch nie.«

»Von ihm gehört?«

»Noch nie von ihm gehört. Die Dörfler dort aber kennen ihn. Hat die Frau, die uns das Essen brachte, es nicht gesagt?«

»Aber wenn es so ist, wie hast du denn dieses Lied machen können?«

»Ich hab es nicht gemacht, der Allmächtige wars, der es geschaffen hat.«

»Und Yusuf wird wieder gesund werden, wenn wir den Baum gefunden haben. Und wir werden Arbeit finden.«

»Sucht ihr den Granatapfelbaum allein«, polterte Hösük. »Ich mache mich gleich auf den Weg.«

»Warte, Hösük!«, rief Ali der Barde, griff wieder nach seiner Laute, beugte sich über sie und stimmte noch ein Lied über den Granatapfelbaum an...

»Jeder in der Çukurova kennt diesen Granatapfelbaum«, sagte Yusuf danach. »Tus nicht, Hösük! Seit sieben Jahren trage ich dieses Siechtum in mir. Vielleicht gibt Gott mir meine Gesundheit zurück, wenn wir beim Granatapfelbaum sind.«

»Bäume wirken Wunder«, bekräftigte Memed.

»Mein Opa erzählt...«, begann Klein Memed stockend, »mein Opa erzählt, dass es Bäume gibt, die wie Heilige sind... Vielleicht bekomme ich von diesem, was mir zusteht.«

»Der Baum dort bringt Segen«, sagte Yusuf. »Sogar Stechmücken meiden seine Nähe. Wir werden eine Nacht unter seinem Dach schlafen.«

»Geht ihr nur!«, brüllte Hösük wütend. »Die Çukurova und keine Stechmücken? Was sollte denn ein armer Baum gegen diese Stechmücken ausrichten, eine jede hart wie Knochen!«

»Um Gottes willen!« Memed war entsetzt. »Sag nichts gegen jenen Baum, du wirst sonst mit Lähme geschlagen. Unser Herdfeuer ist eh schon am verlöschen und wir sind blamiert bis auf die Knochen, da fehlt nur noch, dass dich die Lähme befällt... Uns reicht schon Yusufs Leiden! Um Gottes willen, Hösük, weißt du, was du da redest?«

»Um Gottes willen!«, rief auch Ali der Barde. »Kümmere jeder sich gefälligst um sich selbst und nicht um die Heiligen, schon gar nicht um die Heiligen der Bäume! So, und Wanderer gehören auf den Weg!«, fügte er hinzu und erhob sich. »Lasst uns noch einmal in das Dorf gehen. Vielleicht wird Gott...«

Sie folgten ihm ohne Widerrede. Eine leichte Morgenbrise erfrischte sie, unmerklich regte sich in ihnen ein Gefühl der Freude, keimte ein zartes Grün Hoffnung. Als Letzter kam Hösük hinter ihnen her.

Sie gelangten zum Brunnen und ließen sich unter den Bäumen nieder. Auf einen Schlag wurde es laut im Dorf. Es erwachte mit lärmenden Pferden, Rindern, Eseln, Traktoren, Pferdegespannen, Mähdreschern und Landarbeitern. Die Stimmen vermischten sich, Hähne krähten, Hunde kläfften, und von irgendwoher kam der schwermütige Singsang des Muezzin.

Eine Weile warteten sie im Schatten des Maulbeerbaums ab.

»Die gute Frau vom Berg Düldül, sie weiß, wo...«, meinte Memed.

»Sie weiß es«, nickte Ali der Barde.

»Und ob sie es weiß«, rief Klein Memed.

»In dieser Çukurova weiß ein jeder, wo«, sagte Yusuf.

Traktoren, Mähdrescher, Lastwagen mit zusammengepferchten Landarbeitern auf den Ladepritschen fuhren zum Dorf hinaus, das bald darauf wieder in tiefe Stille versank. Die vier Alten vom Vortag tappten herbei, nahmen ihre Plätze ein und stützten das Kinn auf ihre Handstöcke. Einige Frauen kamen mit Eimern, pumpten Wasser aus dem Brunnen und verschwanden.

»Wo ist das Haus dieser Frau?«

»Sie wird gleich kommen«, antwortete Memed.

»Sie erwartet uns im Haus«, sagte Yusuf ungeduldig. »Sie wird ihre Gründe gehabt haben, dass sie uns in ihr Haus rief.«

»Sie wird bestimmt ihre Gründe gehabt haben«, bekräftigte Hösük mit lauter Stimme. »Los, suchen wir ihr Haus!«

Sie nahmen Topf, Kelim, Tablett und Bestecke und gingen ins Dorf hinein.

»Fragen wir jemanden nach dem Haus der Frau vom Berg Düldül«, schlug Hösük vor.

»Nach wessen Haus?«

»Der Frau vom Berg Düldül.«

»Die liebe Frau...« sagte Klein Memed.

»Hier draußen ist aber niemand, kein Mensch.«

Über den Dächern schlängelte sich der Rauch, von Feldern und Gärten stieg leichter Nebel auf und hinter den Gipfeln der gegenüberliegenden Gavurberge musste jeden Augenblick die Sonne aufgehen. Das Dorf lag verlassen da, niemand war zu sehen.

»Warum haben wir die Alten nicht nach dem Haus der Frau gefragt?«

»Die wissen es nicht«, antwortete Hösük. »Wie sollten sie auch, jeder von ihnen ist tausend Jahre alt.«

Da tauchte plötzlich die Frau vor ihnen auf. »Kommt, meine Kinder!«, rief sie. »Ich habe euch Tee gebrüht, Käse und Butter bereitgestellt und gebackene, warme Fladen. Kommt nur!«

Sie folgten ihr, bis sie an ein Lehmhaus kamen. Im Vorhof lag ausgebreitet ein großer Kelim mit dem Frühstück, daneben stand ein etwa vierzehnjähriges Mädchen. Sie hockten sich an die gedeckte Tafel, und das Mädchen schenkte den Tee in die geschwungenen, dünnwandigen Gläser. Sie tranken schweigend, nur die Schlürfgeräusche ihrer Lippen waren zu hören. Hastig beendeten sie ihr Frühstück.

»Wir haben keine Arbeit gefunden«, klagte Memed, nachdem er sich den Mund mit dem Handrücken abgewischt hatte. »Was ist nur aus der Çukurova geworden?«

»Ich weiß es nicht«, antwortete die Frau. »Seit einigen Jahren ist alles anders geworden.«

»Ja, alles ist anders geworden«, sagte Memed. »Meine große Schwester hat mir nicht einmal ins Gesicht geschaut. Und meinen gelben Ochsen, weißt du, den haben sie dem Traktor geopfert, haben sein rotes Blut vor den riesigen Rädern versickern lassen. Mit diesem gelben Ochsen habe ich drei Jahre lang die Äcker gepflügt. Als ich mich von ihm trennte, weinte der Arme.«

»Ochsen weinen«, nickte die Frau.

Hösük wurde ungeduldig. Plötzlich platzte er heraus: »Wo ist er, Schwester, wo?«

»Was soll wo sein?«

»Zeig uns den Ort, wo der Granatapfelbaum steht!«, bat Hösük. »Vielleicht kann er uns helfen. Die Alten behaupten, er habe Wunderkräfte.«

»Die hat er, wenn er dort noch steht.«

»So einem Baum geschieht doch nichts«, rief Memed erregt. »So einem Baum kann nichts geschehen. Vor Ehrfurcht lassen sich nicht einmal die Vögel auf seinen Zweigen nieder, fliegen die Moskitos nicht in seine Nähe, summen die Bienen nicht über seinen Blättern und Blüten. Wer es wagt, ihm etwas anzutun, dessen Hände und Arme werden gelähmt, und wer ihm ein Blatt ausreißt, dessen Herd erlischt.«

»Der Baum sei verärgert gewesen, sagt man, verärgert über die Menschen. Und eines Nachts ist er grollend auf und davon.«

»Er kann nicht grollen«, rief Memed. »Gott hat diesen Baum…« Er wusste nicht weiter, suchte vergebens nach Worten und sagte schließlich leise: »Dieser Baum kann nicht grollen und seinen Platz verlassen. Weil die Menschen ihn brauchen. Wie sollen die Fiebernden sich sonst vor der Malaria retten, die Kranken wieder zu neuem Leben erwachen, die Arbeitslosen Arbeit finden, wenn es ihn nicht gibt?«

»Er war verärgert«, wiederholte die Frau und ließ den Kopf hängen.

»Sag du uns nur, wo er ist«, bat Hösük. »Wir müssen diesen Baum finden. Und sollten sie ihn bis zur Wurzel gefällt haben, klagen wir unser Leid seiner Wurzel, und sollte er samt Wurzeln, Stamm, Ästen und Zweigen verschwunden sein, tragen wir dem Platz, wo er gestanden hat, unser Anliegen vor. Wichtig ist nur, dass wir den Hügel finden und eine Nacht auf diesem Platz schlafen.«

»Wenn der heilige Granatbaum vergrämt auf und davon ist, dann wird er, weil er ein heiliger Baum ist, uns auch zu Hilfe eilen, wenn wir seinem Standort die erforderliche Ehrfurcht erweisen.«

»Er wird kommen«, war sich Hösük sicher, »auch wenn er im Groll davon ist, er wird trotzdem kommen…«

»Er wird kommen, er kann gar nicht anders«, wimmerte Yusuf.

»Ganz bestimmt«, sagte Ali der Barde. »Heilige Granatapfelbäume heilen jeden Guten.«

»Ja, jeden Guten«, bekräftigte die alte Frau.

»Sag uns die Stelle, Schwester!«

»Sag es uns!«

»Wenn du uns die Stelle verrätst, kommst du geradewegs in den Himmel.«

Die Frau führte sie zum Dorf hinaus, drehte sich zum Anavarza-Felsen und zeigte hinunter in die Ebene. Die verdorrte, vor Hitze dampfende Weite verschwamm im Dunst, sodass die fernen Kuppen und Bäume nur schwer auszumachen waren.

»Ihr werdet das Flussbett des Ceyhan überqueren, dahinter die Asphaltstraße hochgehen, nach links abbiegen, bis ihr an ein Dorf kommt. Oberhalb des Dorfes bis zur nächsten Senke, weiter bis zum Anavarza-Felsen, um ihn herum, danach den mit weißer Erde bedeckten Hang hinauf und dahinter rechts abbiegen, sobald ihr die knorrige Mastixpistazie sehen könnt. Danach kommt ihr an ein mit Steinen ausgelegtes Plateau, das ihr, ohne auf die Ornamente zu treten, überquert, und wenn ihr euch dann nach Mekka wendet, den Westwind spürt und die steigenden weißen Quellwolken erblickt, erhebt sich vor euch der Hügel, vor dem ihr stehen bleibt bis der Morgen graut. Erst dann werdet ihr auf den Hügel steigen und euch unter den Granatapfelbaum setzen. So, und nun gehen wir nach Haus zurück!«

Vorweg die Frau, eilten sie zurück ins Dorf, wo die Frau im Haus verschwand und gleich darauf mit einem großen Beutel wieder herauskam.

»Ich habe euch Brot, Käse und frische Zwiebeln eingewickelt. Ihr seid hier in der Çukurova! Damit ihr unterwegs nicht hungert!«

Memed nahm den Beutel an sich. »Wir danken dir, Schwester, und möge Gott all deine Wünsche erfüllen!«

»Das soll Er«, lachte Klein Memed. »Und ich werde unterm Granatapfelbaum beten, dass ich mein Recht von denen bekomme, für die ich arbeite. Und sie werden mir geben, was mir zusteht. Und ich kaufe mir ein Gespann Ochsen mit weit gebogenen Hörnern.«

»Gehts denn nicht auch ohne geschwungene Hörner?«, fragte Ali der Barde.

»Es geht schon«, antwortete Klein Memed, »aber die mit gebogenen Hörnern sehen prächtiger aus.«

»Er hat Recht«, sagte Hösük, »sie sind prächtiger. Wenn schon Ochsen, dann mit geschwungenen Hörnern.«

Die Frau stand da und verfolgte mit verständnislosem Lächeln das Gespräch, während die zahllosen Fältchen in ihren Augenwinkeln sich vertieften.

»Schwester, du hast uns deinen Namen gar nicht genannt, gib uns bitte deinen schönen Namen preis!«

»Ich heiße Cennet«, sagte die Frau und errötete wie ein junges Mädchen.

»Bleib gesund, du gute Schwester Cennet Hanum!«

»Bleib gesund, unsere schöne Schwester Cennet!«, wünschten auch die andern, und sie machten sich auf den Weg zum Anavarza-Felsen.

Die Kuppen der Berge hellten sich auf, bald würde die Sonne aufgehen; der Gipfel des Düldül blendete jetzt schon wie funkelnder Kristall.

Das Dorf lag bald weit hinter ihnen. Bis in den frühen Vormittag schritten sie kräftig aus und gelangten zum Floß am Ufer des Ceyhan.

»Wenn wir erst drüben sind...« begann Memed.

»Was soll das? Brütest du schon wieder etwas aus?«, fragte Hösük.

»Schau doch, das Dorf da drüben! Ein sehr großes Dorf... Es sieht riesengroß aus. Vielleicht gibt es dort Arbeit. Und es liegt auf unserem Weg.«

»Und eine Pappel mitten im Dorf«, rief Klein Memed aufgeregt. »Sie ist noch länger als ein Minarett.«

»Oh, Mutter, eine so lange Pappel habe ich noch nie gesehen«, nickte Hösük.

»Ich auch nicht«, sagte Ali der Barde.

»Wir sollten mal hingehen«, schlug Memed vor. »Nachdem wir uns entschlossen haben, den Granatapfelbaum aufzusuchen... Vielleicht tut uns der heilige Baum allein deswegen schon einen Gefallen.«

»Allein deswegen schon«, echote Hösük, und während sie ihn alle fragend anschauten, ob er wohl Witze mache, fuhr er fort: »Gehen wir doch mal hin! Wer weiß, unser Herrgott, der Yusuf aus dem tiefen Brunnen zog...«

»Zieht vielleicht auch uns aus dem Dunkel heraus«, ergänzte Yusuf leise.

Nach und nach begannen sich seine Gesichtszüge wieder zu verzerren, ein neuer Anfall stand kurz bevor. Das wiederholte sich jeden Morgen um diese Zeit. Entweder schien er vor Fieber zu brennen, oder ihm war, als gefriere er zu Eis.

Am Anleger standen Pferdegespanne, Lastwagen und Traktoren mit Anhängern Schlange und warteten auf das Floß, das noch am gegenüberliegenden Ufer lag. Es hing an einem Drahtseil, das über einen Flaschenzug lief. Hand über Hand zogen die Flößer das Gefährt über den Fluss.

Jedes Mal wenn Memed ein Floß bestieg, spürte er den harzigen Duft der Bohlen in seiner Nase, wurden die Tannenwälder in seiner Erinnerung lebendig.

Am andern Ufer wollten sie dem Flößer Geld geben, doch dieser nahm es nicht an. »Von euch kann ich keins annehmen«, sagte er und spuckte fluchend einen dicken Speichel ins Wasser. »Zur Hölle mit dieser Çukurova ... Seht zu, dass ihr in eure Berge kommt, hier werdet ihr alle sterben, hier macht keiner mehr sein Glück!«

»So ist es«, sagte Hösük. »Lebe wohl, Bruder!«

Vom Floß gingen sie geradewegs zum Dorf mit der Pappel. Auf halbem Weg begann Yusuf wieder zu zittern.

»Es hat gar nichts zu bedeuten«, ächzte er. »Kümmert euch nicht um mich, schließlich gehen wir zum Granatapfelbaum auf dem Hügel ... Und das Dorf mit der Pappel ist dicht vor uns. Wenn wir eine Arbeit finden, arbeite ich mit, wenn ich arbeite, geht es mir gut. Das war schon immer so. Wenn ich Arbeit finde, werde ich gesund.«

Mehrmals versuchte Hösük, ihn auf den Rücken zu nehmen, doch Yusuf weigerte sich.

»Nein, nicht!«, sagte er, »ich marschiere, ich marschiere!«

Auch als Klein Memed zu ihm ging und sich bei ihm einhakte, versuchte er sich zu befreien.

»Lass den Jungen sich doch bei dir einhängen, Yusuf!«, rief Hösük rüde. »Der Junge will es nun einmal. Ganz allein kannst du nicht gehen.«

Yusuf schwieg und fügte sich.

Am Nachmittag erreichten sie das Dorf mit der Pappel. Ein böiger Westwind war aufgekommen, Staubwolken hüllten die Bauernhäuser ein, Tromben dichten Staubs wanderten durch die Gassen, wirbelten Stroh und Sträucher durcheinander und zogen weiter nach Dumlukale. Schon waren die Männer von Staub überzogen, der in Mund und Nase drang. Sie konnten die Wände und Türen der Häuser kaum erkennen. Stolpernd und taumelnd kamen sie schließlich zur Pappel in der Dorfmitte, wo auch eine rote Pumpe stand. Kaum dort, ließ Yusuf sich zu Boden fallen und begann sich im Staub zu wälzen.

»Vergebt, wenn ich euch gegenüber gefehlt habe, Brüder, ich sterbe!«

Auch hier waren Samtblumen und Basilikum um die Brunnenmauer gepflanzt worden. Die steinerne Tränke stammte aus uralten Zeiten, sie war in blau geäderten Granit gehauen und so breit, dass ein ausgewachsener Mann bequem Platz darin fand. Sie hockten sich am Fuß der Tränke nieder und verschnauften. Der Westwind, der die ganze Welt in Staub zu hüllen schien, wütete immer heftiger. Sie lechzten danach, sich zu erfrischen, doch Ali der Barde warnte sie:

»Um Gottes willen nicht waschen! Der Staub verwandelt sich in zähen Schlamm!«

Erst gegen Abend flaute der Westwind ab, und als er sich legte, standen sie auf und wuschen sich einer nach dem andern. Yusuf wälzte sich noch immer am Boden. Sie hoben ihn auf und wuschen sein Gesicht. Dann warteten sie ab, doch niemand kam zu ihnen an den Brunnen. Im Dorf war kein Laut zu hören.

»Was ist denn mit diesem Dorf los?«, rätselte Memed.

»Vielleicht sind sie in der Hochebene«, sagte Hösük. »Sie werden gleich von den Feldern kommen. Die Sonne ist ja gerade erst untergegangen.«

Kaum ausgesprochen, kamen hinter ihnen Traktoren mit Anhängern, Lastwagen, Pferdegespanne und Fußgänger ins Dorf, das sich augenblicklich in eine Festwiese zu verwandeln schien. Kurz darauf bremste ein Auto am Brunnen, ein hoch gewachsener, schnauzbärtiger Mann mit breitkrempigem Strohhut, langschäftigen Stiefeln und einer Reitpeitsche in der Hand stieg aus und kam zu ihnen. Sie standen auf, stellten sich in Reihe und strichen ihr Zeug glatt.

»Seid ihr Bergler?«

»Wir sind Bergler.«

»Seid ihr Landarbeiter?«

»Hm, ja!«

»Welche Arbeit?«

»Jede Arbeit.«

»Welchen Tagelohn?«

»Was uns gegeben wird.«

Der streng dreinblickende Mann wurde wütend, knallte dreimal mit der Peitsche.

»Solche Tagelöhner kann ich nicht gebrauchen. Arbeiten für das, was ihnen gegeben wird! Natürlich! Seht euch doch an! Ihr habt doch keine Seele mehr im Leib, um zu arbeiten; ihr seid vor Hunger zu räudigen Kötern geworden!«

»Rede ordentlich mit uns, Beyefendi!«, sagte Ali der Barde verhalten. Seine Stimme klang enttäuscht und zornig.

Der Mann machte einen Schritt auf ihn zu und entgegnete mit gleicher Härte: »Aha, fühlen sich Beyefendi gekränkt?«

»Wir fühlen uns gekränkt«, antwortete Ali der Barde.

Der Mann machte noch einen Schritt, streckte seine Hand aus und zupfte an einer Saite der Laute, die einen langen, hellen Klang von sich gab.

»Bist du ein Barde?«

»Als das gelte ich, falls Gott es so fügte.«

»Du könntest mir von Nutzen sein. Klimperst den Tagelöhnern etwas auf deiner Laute vor, und ich gebe dir Geld dafür, Beyefendi!«

Der Mann spottete offensichtlich. Ali der Barde war zutiefst verletzt.

»Nein, danke, ein andermal.«

»Sie nehmen es mir also übel, Beyefendi.«

»Ich nehme es übel.«

»Hört euch das an! Fünfzehn Barden deiner Sorte stehen täglich vor meiner Tür …«

Den Kopf gereckt ergriff Memed gelassen das Wort: »Er ist Ali der Barde. Sein Vater war Hüseyin der Barde und sein Großvater war der hier in allen Bergen und Ebenen bekannte Halil der Barde, dessen Ruhm bis ins Land der Avscharen gedrungen ist. Und dessen Vater wiederum war der Größte unter den Großen, nämlich Dadaloğlu. Also stammt Ali der Barde von Dadaloğlu ab. Du tust nicht gut, wenn du dich so benimmst.«

»Aha, der Bergler macht aus seinem Stammbaum ja noch einen osmanischen bis hinauf zu Mustafa Kemal.«

»Es ist der Stammbaum des Dadaloğlu, ein mächtiger Stammbaum, Bey.«

»Was für ein Stammbaum?«

»Der Stammbaum des Dadaloğlu.«

Der Mann lachte lauthals. »Dadaloğlu! Und wer soll dieser Dadaloğlu sein? Ein fahrender Zigeuner?«

Ali der Barde begann vor Zorn zu beben. »Schweig, Memed!«, befahl er. »Mit diesem Mann redet man nicht.«

»Wofür haltet ihr euch«, brüllte der Mann. »Ihr Bettler …«

Inzwischen waren einige Dörfler herbeigeeilt. »Halt ein, Bey!«, rief einer von ihnen und ging dazwischen. »Woher sollen die da wissen, wer du bist. Wüssten sie, wer du bist, würden sie in deiner Gegenwart sicher nicht von Stammbaum reden.«

Der Bey drehte sich angeekelt um. »Sag ihnen, wer ich bin. Von wegen Dadaloğlu. Aus mächtigem Geschlecht! Wenn der aus mächtigem Geschlecht stammt, wie konntest du dann so tief fallen?«

»Gott allein kann nicht fallen«, entgegnete Memed. »Wir suchen Arbeit, bekommen Lohn für Arbeit, und davon leben wir.«

»Was habt ihr denn hier zu suchen, meine Edlen?«, spottete der Mann wieder und wandte sich an die Dörfler: »Weist die hier sofort aus dem Dorf, und stellt nicht einen einzigen ein! Zum Glück haben wir Trecker und Mähdrescher! Wir müssen den üblen Mundgeruch dieser edlen Beyefendis nicht mehr ertragen. Ade, meine Edlen, ade! Von des Dadal Kadal Stamm! Es lebe der Marschall Marshall!«

Er stieg in den Wagen und brüllte: »Jagt sie aus dem Dorf! Jetzt, sofort! Die brechen sonst heut Nacht in unsere Häuser ein, und wir merken es nicht einmal. Nichts als Diebe... Ich hätte es euch schon gezeigt... Dankt Gott, dass ich so viel zu tun habe. Ich will euch hier nicht mehr sehen, wenn ich in einer halben Stunde zurückkomme. Sonst wird euch etwas blühen!«

Das Auto setzte sich in Fahrt.

»Um Gottes willen!«, riefen die Dörfler. »Zum Glück habt ihr einen seiner guten Tage erwischt. Er hätte euch sonst mit seiner Peitsche in Stücke geschlagen. Ihr habt ihn sehr verärgert. Spricht der Mensch denn so mit einem Bey? Ihr macht euch besser sofort aus dem Staub! Er kommt bald zurück und wird sich mit fünf Mann an eure Fersen heften und euch auspeitschen. Er ist ein sehr guter Bey, nur diese Eigenschaft an ihm ist schlimm. Ihr habt einen Fehler gemacht, wärt ihr nicht so widerspenstig gewesen, der Bey hätte euch Arbeit gegeben. Kommt ihm jetzt nicht mehr unter die Augen, und nehmt ja nicht die Landstraße, da holt er euch schnell ein und peitscht euch tot.«

Memed wollte etwas erwidern, doch Ali der Barde verschloss ihm den Mund, und ohne ein weiteres Wort griffen sie Yusuf unter die Achselhöhlen und machten sich auf den Weg.

Hösük knirschte mit den Zähnen.

»Wir gehen nicht über die Landstraße«, beschloss Ali der Barde, als sie aus dem Dorf heraus waren, »besser, sich von Dornen kratzen als von Kötern beißen lassen!«

»Wir gehen über die Straße!«, widersprach Hösük. »Holt er uns ein, erlebt er was!«

»Wir haben keine Waffe«, bedauerte Memed. »Hätten wir nur einen Revolver!«

»Wie gut, dass wir keinen haben«, sagte Ali der Barde.

»Ich habe meinen Dolch dabei«, trumpfte Hösük auf.

»Sei kein Dickschädel, Hösük!«, warnte Ali der Barde. »Wir haben schon genug Sorgen…« Seine Stimme klang so bitter, so verletzt, dass Hösük das Wort im Hals steckenblieb. Auch als sie in die Felder abbogen und er sich vor Yusuf niederkniete, sagte er nur mit erstickter Stimme: »Steig auf, Bruder Yusuf!«, bevor ihm eine Riesenfaust die Kehle zuzuschnüren schien.

Sie hielten auf den Schatten eines hohen Schneeballstrauchs zu, der nicht weit von ihnen am Rande eines Reisfelds emporragte.

Der Mond stand schon hoch am Himmel, hell wie am Tage lag das Gestein des Anavarza-Felsens, der, einem mächtigen Vogel ähnlich, bereit schien, sich in die Lüfte zu schwingen. Außer dem Gekläff zweier Hunde war vom Dorf her kein Laut zu hören. Auf der nahen Landstraße fuhren mit langem, die Ebene abtastendem Scheinwerferlicht Automobile, Lastwagen und Mähdrescher vorbei. Als die Männer am Schneeballstrauch waren, warfen sie sich erschöpft zu Boden.

Sie sprachen kein Wort, von keinem war auch nicht das leiseste Rascheln zu hören. Sogar Yusuf hatte aufgehört zu wimmern, er lag bewegungslos wie ein Toter auf der Erde. Zum ersten Mal, seitdem sie in der Çukurova waren, gelüstete es Ali den Barden nach einer Zigarette... Ah, jetzt den Rauch tief in die Lungen ziehen, hinein bis in den letzten Winkel!

Sie machten kein Feuer, dachten weder ans Essen, noch spürten sie die Wolken angreifender Mücken. Bis zum Morgen konnten sie kein Auge zutun, lagen nur so da und schauten in den aufhellenden Himmel. Als ein großer Vogelschwarm über sie hinwegschwirrte, fielen die ersten Sonnenstrahlen auf den Gipfel des Gavurberges, der wie ein Kristallpalast zu funkeln begann.

Memed stand als Erster in seiner ganzen Länge aufrecht und rieb sich die Augen. Dann schlenderte er zum nahen Reisfeld, legte sich bäuchlings vor einen Bewässerungsgraben und wusch sich das Gesicht. Nach und nach kamen auch die andern zum Wasser. Dann scharten sie sich um eine hoch gewachsene Königskerze und wendeten sich nach einer Weile wortlos dem Berg Düldül zu, dessen Gipfel jetzt in gleißendem Sonnenlicht lag und wie ein Stern glitzerte.

Auch Yusuf ging es gut an diesem Morgen, er fror und fieberte nicht. Aber keiner mochte dem anderen in die Augen sehen, Klein Memed hob nicht einmal den Kopf. Jahrelang hatte er am Hofe eines Rücksichtslosen, der ihn um seinen rechtmäßigen Lohn prellte, als Schäfer gedient, aber so tief wie gestern war er noch von niemandem erniedrigt worden. Diese Kränkung nagte in seinem Herzen immer schmerzhafter, und er wusste nicht, wie er sich dagegen wehren sollte. Vor diesem Mann war Memed zu einem Häufchen geschrumpft. Hösük hatte sich verzweifelt gekrümmt. Ali der Barde hätte sich am liebsten vor Scham ein Schlupfloch gesucht. Und im Staub schrie und wimmerte Yusuf. Die Männer hatten ihm so Leid getan. Ihnen war ihr Leben lang bestimmt noch nie solche Demütigung widerfahren. Ließe man sie gewähren, sie würden bestimmt in die Felsen des Anavarza steigen und sich vor die Klapperschlangen werfen! Wer weiß, was der Mann mit dem Auto im Dorf der Pappeln bis zum Morgen noch alles angestellt hat. Wenns nach Klein Memed ginge, wie ein Feuerball würde er von einem Ende des Dorfes zum andern wüten!

Im Zwielicht des Morgens standen sie inmitten der Ebene. Als suche er irgendetwas, drehte Memed seinen langen Hals in alle Richtungen. Sein Gesicht war ausdruckslos, als habe er das Gedächtnis verloren. Die andern, belustigt über seine Verlorenheit, äfften ihn nach. Plötzlich, als habe er gefunden, was er suchte, hellte sich Memeds Miene auf, und gleichzeitig die der andern. Lächelnd schlug Memed die Richtung zum Anavarza-Felsen ein und ebenfalls lächelnd folgten ihm die andern. Nur Klein Memed verharrte noch eine Weile, hielt den Kopf gesenkt und dachte nach. Dann schaute er auf, setzte sich in Trab und holte die andern im Laufschritt ein.

Über gelb und violett blühende, hoch gewachsene Königskerzen, rosafarben, violett und blau blühenden langstieligen Eibisch, bauchhohe Klettensträucher und knöchelhohe Stoppeln, durch Wassergräben und randvolle Bewässerungsrinnen der Reisfelder erreichten sie gegen Mittag den Anavarza-Felsen. Die Hitze hatte den Straßenstaub in glühende Backofenasche verwandelt, die Felsen des Anavarza, auf denen sich der Glanz des Ceyhan spiegelte, blendete die Augen mit tausendundeinem Lichtspiel. Wie ein Strom von Licht floss das Gewässer hier träge durch die Ebene. Als sie durch seichte Rinnen am Flussufer entlanggingen, entdeckten sie in der Ferne ein grasgrünes, schon bei seinem Anblick kühlendes Melonenfeld. Sie waren in Schweiß gebadet und keuchten wie Blasebälge. Hin und wieder drehten sie sich nach Yusuf um. Bis jetzt hatte er noch keinen Anfall gehabt, sich noch nicht wie sonst zu dieser Stunde wimmernd am Boden gewälzt. Wortlos lenkten sie ihre Schritte geradewegs zum Melonenfeld. Nichts hatte sie dazu bewogen, ein Instinkt schien sie zu lenken, ähnlich dem, der die Zugvögel plötzlich abschwenken lässt. Jeder Mensch, jedes Tier, ob Vogel oder Schmetterling, stürzt sich in dieser knisternd heißen Ebene auf dieses vor Grün berstende Gelände. Sie folgen nicht dem wie geschmolzenes Zinn träge dahinfließendem Gewässer, das die ganze Helle der Ebene auf sich zu vereinen scheint, sie fliehen es sogar und strömen in Scharen diesem grünen Flecken zu. Schlangen und Käfer und was da kreucht und fleucht, versammelt sich am Feldrand, und Tausende Schwalben flitzen Flügel an Flügel darüber hinweg und jagen Wolken von Moskitos.

Am Rand des Melonenfeldes blieben sie nebeneinander stehen. Der sumpfige, dem Wasser so ähnliche Duft berstenden Grüns stieg ihnen nach so langer Zeit zum ersten Mal wieder in die Nase und sie saugten ihn ganz tief ein.

Das Feld war menschenleer. Teilweise übereinander hingen an den Ranken kniehoch reife Wasser- und Zuckermelonen, gesprenkelt, dunkelgrün und honiggelb. Von einem Laubdach unter einer nahen Trauerweide streckten sich gelb blühende Kürbisranken bis an den rechten Feldrand. Im Schatten des Laubdachs lag ausgestreckt ein Mann, um den sie sich nicht weiter kümmerten.

»Setzen wir uns doch in den Schatten der Trauerweide«, schlug Hösük vor.

»Was sollen wir dort?«, entgegnete Memed. »In dieser Çukurova ist alles anders geworden. Setzen wir uns lieber hier an die Wasserrinne und essen wir erst einmal!« Er griff Hösük am Arm. »Los, wir setzen uns hierher!«

»Wer weiß«, lächelte der nur noch aus Haut und Knochen bestehende Yusuf mit langen, bleckenden Zähnen im aschfahlen Gesicht, »wie kühl es im Schatten der Weide ist. Und schaut, unterm Laubdach ein klitzekleiner Mann!«

»Ein klitzekleiner Mann, aber am Pfosten des Laubdachs hängt sein Gewehr. Mach deine Augen richtig auf und schau noch einmal hin!«

»Ich meinte nur klitzeklein, vielleicht ein Kind...« rechtfertigte sich Yusuf.

Ohne ein weiteres Wort zu verlieren, sprang Ali der Barde über den Wassergraben und ging zum Laubdach. Nach kurzem Zögern folgten ihm die andern.

»Sei gegrüßt!«, rief Ali der Barde aus kurzer Entfernung.

»Sei auch gegrüßt!«, antwortete der Mann und sprang auf die Beine. Sein Gesicht strahlte und Ali des Barden Miene hellte sich auf.

»Wir sind von der Hitze ganz benommen«, fuhr er fort, »und da haben wir uns gedacht, wir könnten doch unser Brot im Schatten der Weide dort essen, wenn du es gestattest.«

»Der Schatten ist euer, bitte sehr!«, rief der Feldwächter und hieß sie willkommen.

Der Mann empfing sie so freundlich, dass sie erstaunt verharrten.

»Kommt hier herüber!«, rief der Mann. »Der queckige Boden unter euren Füßen ist verschlammt. Springt drüber weg!«

Ali der Barde vorweg, sprangen sie nacheinander über die vom Feldwächter gezeigte Stelle und gingen zur Trauerweide. Als sie in ihrem Schatten die feuchte, kühle Luft verspürten, erfüllte sie plötzlich unbändige Freude.

Der Feldwächter brachte vom Laubdach eine große Bastmatte und breitete sie im kühlen Halbdunkel unter der Weide aus. »Seid willkommen, ihr bringt Freude, bitte setzt euch!«

Sie bedankten sich, waren aber noch immer so fassungslos, dass sie seiner Bitte nicht nachkamen.

»Setzt euch doch, Brüder!«

Die Stimme des Feldwächters klang heiter und glücklich. Die andern dagegen standen vor Verwunderung wie festgewurzelt. Es war wieder Ali der Barde, der als

Erster seine Fassung wiedergewann. Mit dem Rücken an den Stamm gelehnt hockte er sich hin.

»Um Gottes willen!«, rief der Feldwächter, »Bruder, setz dich ins Trockene, der Boden ist nass, da wirst du krank!« Er eilte herbei und zog die Bastmatte hin zu Ali dem Barden. »Wer weiß, wie übel euch die Hitze mitgespielt hat, wer weiß von wie weit ihr gekommen seid und wie erschöpft ihr seid, wer weiß... Setzt euch hin und ruht euch aus! Und wer weiß, wie hungrig ihr seid. Also, setzt euch erst einmal hin und ruht euch ein bisschen aus, ich werde euch...«

Der wegen der unerwarteten Gäste vor Freude und Stolz überschäumende Mann war ganz durcheinander. Jetzt gingen auch die andern zu Ali dem Barden und nahmen auf der Bastmatte Platz.

»Erweist mir die Ehre, eure Namen zu erfahren!«

»Der meine ist Ali«, sagte Ali der Barde.

»Bist du ein Barde?«

»Wenn Gott mich dazu bestimmt hat, bin ichs.«

»Ein Barde also...«

»Dieser Onkel ist Ali der Barde«, sagte Klein Memed. »Weißt du, dieser Onkel bringt mit einem Lied den Stummen zum Sprechen, den Toten zum Leben, Berg und Stein zum Schmelzen. Weißt du, er bringt Blumen und Vögel, sogar diesen Baum und diese Erde zum Sprechen, wenn er nur ein Lied singt. Gibt es denn jemanden in diesen riesigen Bergen, im ganzen Taurus, in den Gavurbergen und auf dem Berg der Tausend Stiere, der von seinem Ruhm noch nicht gehört hat? Bei seinem Namen verstummen die plärrenden Babys, erstarren schwupps die fließenden Brunnen.«

»Halt den Mund!«, rief Ali der Barde ungehalten und wandte sich an den Feldwächter: »Das ist Klein Memed. Ein Kind. Lauter Geplapper. Nichts von solch einem Barden habe ich an mir.«

»Ich bin kein Kind! Und ich sage die Wahrheit!«, schrie, einmal in Fahrt, jetzt auch Klein Memed. »Und außerdem ist Ali der Barde ein Gerechter.«

»Sei still, Memed«, sagte Ali der Barde mit zärtlicher Stimme und seufzte. »Sei still, mein Kleiner, sei still.« Dann wandte er sich an den Feldwächter, der freudestrahlend noch immer dastand: »Setz dich doch zu uns!«

»Wie du befiehlst, mein Barde«, rief dieser und hockte sich im Schneidersitz auf die Matte.

»Und nun erweise auch du uns die Ehre, deinen Namen zu erfahren, Bruder Feldwächter!«, bat Ali der Barde mit feuchten Augen.

»Mein Name ist Ahmet. Samanoğlu Ahmet.«

»Lebe tausend Jahre mit diesem Namen, mein guter, großzügiger Mann«, sagte Hösük. »Mein Name ist Hösük.«

»Und meiner Memed.«

»Meiner ist auch Memed, aber wegen diesem Onkel Memed nennen sie mich Klein Memed.«

»Und mein Name ist Yusuf.«

»Er ist sehr krank«, sagte Klein Memed. »Nur heute hat ihn das Fieber nicht gepackt. Wenn er einen Anfall hat, kratzt er die Erde, na, bis dort hinten auf, und er wälzt sich im Staub und Schlamm und mit sooo großen Glotzaugen…«

»Und Klein Memed wird sich ein Gespann Ochsen

kaufen«, unterbrach ihn Memed. »Wenn wir Arbeit finden und der Arbeitgeber ihm den Lohn gibt, der ihm zusteht. Ein Gespann Ochsen mit langen Hörnern, sooo lang wie die Mondsichel.«

»Geschwungene Hörner wie die Mondsichel«, bestätigte fröhlich Klein Memed.

Plötzlich sprang Feldwächter Ahmet entsetzt auf. »Um Gottes willen!«, rief er, »hab ich einen blöden Kopf! Ihr müsst ja hungrig und durstig sein. Mein hirnloser Kopf! Seht meinen Brunnen dort, sein Wasser ist frisch wie das einer Quelle und eiskalt.« Er lief zum Brunnen, ließ einen Eimer hinunter, zog ihn randvoll wieder hoch und schleppte ihn herbei.

Er reichte den Eimer Ali dem Barden. »Inzwischen werde ich meinen geschätzten Gästen ein Essen zubereiten.«

»Und wir werden dir helfen«, sagte Hösük. »Mach dir nicht so viel Mühe, guter Mann!«

»Das macht mir keine Mühe. Ruht ihr euch nur aus! Das Essen steht sowieso bereit. Ich werde euch zu den Okra nur noch ein Grützpilaw kochen.«

»Mach dir keine Mühe!«, bat auch Memed

»Mach dir keine Mühe, du bester Mann der Çukurova!«, sagte Klein Memed.

»Mach dir keine Mühe!«, sagte auch Ali der Barde.

Der Feldwächter zündete mit einem Streichholz das bereits auf der Feuerstelle geschichtete Holz an. Er füllte Wasser und Grütze in den daneben stehenden verrußten Topf, warf eine Hand voll Salz hinein, setzte ihn auf einen Dreifuß, schob diesen über die lodernden Flammen, ging beiseite und schaute mit stolzem Lächeln zu den hockenden Männern hinüber. Ab und zu versank er in Gedanken und lächelte dann wieder glücklich und zufrieden.

»Das mag so köcheln«, murmelte er. »Mein hirnloser Kopf! Wie wärs denn mit kühlen Zucker- und Wassermelonen für meine Gäste!«

Er eilte zu einem Gestrüpp aus Brombeeren und Keuschlamm, bückte sich, rollte einige Melonen hervor und drückte sie an seine Brust, doch als er sich aufrichtete, rutschten sie ihm aus den Armen. Im Nu waren Memed und Klein Memed bei ihm.

»Mach dir keine Mühe!«, riefen sie, hoben die Melonen auf und brachten sie in den Schatten der Weide.

»Habt ihr ein Messer?«

»Haben wir«, antwortete Hösük.

»Dann schneide sie auf und lasst sie euch schmecken!«, sagte Ahmet. »Geschützt vor der Sonne werden die Wassermelonen eiskalt, da fallen einem die Zähne aus.«

»Wir danken dir, Bruder«, rief Hösük und zog den Dolch aus seinem Gurt. Der zweischneidige tscherkessische Handschar war ziseliert und hatte einen elfenbeinernen Griff. Sein Vater hatte ihn auf dem Schlachtfeld in Sarikamiş einem gefallenen russischen Soldaten abgenommen. Dieser Handschar war Hösüks Ein und Alles. Während er die Wassermelone aufschnitt, starrte Klein Memed selbstvergessen wie gebannt auf den Dolch. Der Junge konnte den Blick nicht von der Waffe wenden. Sein eigenartiges Benehmen war den andern nicht entgangen, und erst als Hösük ihm eine Scheibe reichte, zuckte der Junge erschrocken zusammen, kam wieder zu Bewusstsein und nahm sie ihm aus der Hand. Hösük schnitt die nächste Wassermelone an, dann die übernächste … Dann machte er sich an die Zuckermelonen. Seit sie in der Çukurova sind, haben sie noch keinen Bissen Melone zu kosten bekommen, obwohl sich überall auf den Feldern die Früchte türmen. Und wie Feldwächter Ahmet schon sagte, diese hier waren eiskalt.

Sie aßen Melonen, nagten sogar die Schalen ab, bis des Feldwächters fröhliches »Der Pilaw ist gar« ertönte.

Die Flügel der Bienen, die so unruhig um die Trauerweide und die Laube schwärmten, als schlüpfe eine neue Königin, funkelten wie blaue und grüne Blitze, sobald sie das dichte Geäst durchdringende Sonnenstrahlen streiften.

»Der Pilaw ist gar, und heute Morgen hatte ich schon Okra gekocht. Dazu gibt es eiskaltes, im Beutel geseihtes Ayran.«

Ali der Barde kam als erster gerannt, Klein Memed hinter ihm. Die beiden brachten die Töpfe und das in eine Essmatte aus Kelimbahnen eingerollte Fladenbrot unter die Trauerweide. Als sie die Topfdeckel abhoben, stieg ihnen vom Grützpilaw der herrliche Duft gesottener Butter in die Nasen, breitete sich in Wellen aus und blieb unter dem dichten Laub hängen.

»Bitte, Brüder, wohl bekomms!«

Als Erster schlug Feldwächter Ahmet seinen Löffel in den Pilaw, nach ihm Ali der Barde.

»Ein köstliches Essen, Bruder Ahmet, Gesundheit deinen Händen! Auf den Seelenfrieden deiner Verstorbenen!«

»Leben sollst du, Barde!«

Und die Bergler machten sich über den Pilaw, das Okragemüse und den Ayran her. Seit langem hatten sie kein so gutes, schmackhaftes Essen mehr bekommen, und sie aßen stumm bis sie rundum satt waren.

»Schlaft erst einmal ein bisschen! Heute Abend werde ich euch...« Er stutzte und sein Blick umwölkte sich. »Ihr seid doch heute Abend noch hier, nicht wahr?«, fuhr er fort und schaute Ali dem Barden bittend in die Augen.

»Wir sind hier, wir sind hier«, beeilte sich Ali der Barde zu antworten. »Wohin sollten wir denn gehen? Nein, wir sind hier und werden uns erst morgen dorthin auf den Weg machen.«

»Wohin?«

»Wir suchen ihn.«

»Wen?«

»Den Granatapfelbaum auf dem Weißen Hügel. Hast du jemals von jenem Granatapfelbaum gehört? Dort, wo die Gesegneten...«

»Ich hab noch nie von ihm gehört«, antwortete Ahmet und senkte den Kopf. »Was habt ihr mit dem Granatapfelbaum vor?«

Ali des Barden Miene verdüsterte sich. »Yusuf ist sehr krank«, antwortete er mit trauriger Stimme, »todkrank. Nur heute ging es ihm besser. Morgen wirst du sehen, wie krank er ist. Wir werden den Granatapfelbaum um Gesundheit für ihn bitten. Dieser heilige Baum ist das Heil für alle Gebrechen.«

Plötzlich ergriff Klein Memed das Wort. »Und dazu«, platzte er heraus, »und dazu wird uns der heilige

Baum Arbeit geben. Weißt du, die Frau da aus dem Dorf mit den Bäumen, die Frau, die vom schneebedeckten Düldül kommt, die hat es erzählt. Sie hat gesagt, wenn ihr dorthin geht, wenn ihr den heiligen Granatbaum findet, hat sie gesagt, dann wird er euch viel, viel Geld geben. Wir irren schon seit drei Monaten hungrig und durstig durch die Çukurova, und niemand gibt uns zu essen und zu trinken. Sogar Onkel Memeds große Schwester hat uns keine Arbeit gegeben, hat uns beleidigt. Jeder hat uns... Gestern, der Mann in diesem Dorf... Hat sogar Ali den Barden...«

Hösüks Augen rollten, seine Lippen bebten. »Sei still, Hundesohn!«, brüllte er. »Du geschwätziger Köter!«

Klein Memed schreckte zusammen.

Ahmet stand auf. Er war klein von Wuchs und hatte große, schwarze, traurige Augen. Auch seine Gesichtszüge schienen von einer unendlichen, untröstlichen Trauer überschattet zu sein.

»Schlaft jetzt«, sagte er. »Ihr seid also heute Abend noch hier. Wie schön. Vielleicht auch noch morgen... Vielleicht finde ich jemanden, der weiß, wo dieser Granatapfelbaum steht.«

»Finde ihn, Bruder!«, rief aufgeregt Yusuf. »Finde ihn, damit der Herrgott mich von dieser Geißel befreit!«

»Ruht euch aus, schlaft jetzt.«

Ahmet ging und machte sich auf dem Melonenfeld zu schaffen. Er hackte wucherndes Kraut, öffnete und schloss die Schotten, um das Wasser in den Bewässerungsgräben umzuleiten, arbeitete so bis in den Nachmittag hinein. Die andern hatten sich schweigend unter der Trauerweide ausgestreckt, aber einschlafen konnte keiner von ihnen.

Als Ali der Barde Ahmets Stimme vernahm, richtete er sich auf.

»Soll ich euch einen Gemüsetopf kochen?«, fragte Ahmet.

»Leben sollst du, Bruder! Und Segen deinen Händen! Können wir dir nicht behilflich sein? Schau, wir sind zu fünft.«

»Wobei wollt ihr mir denn helfen? Die Arbeit hier ist schnell getan. Ich brauche ja nur die Schotten aufzuziehen, und schon ist das ganze Feld bewässert.«

»Und wie es duftet«, sagte Ali der Barde, reckte den Kopf und roch die Luft.

»Gewässerte Erde! Sie duftet noch kräftiger, wenn sie sich mit dem Geruch der feuchten Melonen vermischt.«

»Wie Moschus«, sagte Yusuf.

»Wie das duftet«, rief Klein Memed und sprang auf die Beine.

»Ja«, nickte Hösük. »Oh Mutter, was für eine Erde in dieser Çukurova.«

»Was für eine Erde«, sagte Memed.

»Gehen wir dem Mann doch ein wenig zur Hand, statt hier herumzudösen!«, schlug Hösük vor.

»Ja, ich bin dafür«, stimmte Yusuf zu.

»Er verlangt von uns nichts weiter, als dass wir einige Tage hier bleiben«, sagte Ali der Barde.

»Können wir denn bleiben?«, fragte Hösük.

»Nein, können wir nicht«, antwortete Ali der Barde. »Nicht bevor wir diesen Granatapfelbaum gefunden haben.«

»Nein, können wir nicht«, wiederholte Klein Memed. »Ich habe ein, zwei Wünsche an diesen Baum, wenn wir ihn gefunden haben.« Er lief aufs Feld zu Ahmet, der lila glänzende Auberginen in einen Korb pflückte. »Wenn wir diesen Baum gefunden haben, werde ich so etwas von ihm verlangen, dass…«

»Was wirst du denn von ihm verlangen?«, fragte Ahmet und pflückte weiter ohne aufzublicken.

»Was ich von ihm verlangen werde? Schau, Onkel Ahmet, ich will es dir sagen: Ich werde von den roten Blüten des heiligen Baumes verlangen, er soll jenes Dorf, du weißt ja, jenes Dorf mit den Pappeln, niederbrennen und den Mann mit dem Auto dazu.«

»Was hat euch der Mann denn getan?«

»Er hat uns beschimpft. Ali der Barde ist ein wahrer Barde. Er hat sogar ihn und seine Lieder und seine Laute beschimpft. Wenn dieser Granatapfelbaum diesen Mann nicht tötet,… dann werde ich…«

»Bist du wahnsinnig?«, schrie Ahmet.

Erst jetzt merkte Klein Memed, dass er sich verraten hatte und beeilte sich, ihn zu beschwichtigen: »Ich habs nur so aus Spaß dahergesagt. Wie soll ich denn den Bey und das Dorf wieder finden. Wirst du für uns den Hügel mit dem Baum finden?«

»Ruht euch hier erst einmal ein paar Tage aus, und ich werde jemanden fragen, ob es diesen Baum gibt oder nicht.«

»Du musst nicht fragen, den gibt es«, versicherte Klein Memed. »Natürlich gibt es ihn. Die Frau, die vom Berg Düldül in die Çukurova verschlagen wurde, sie hat es gesagt.«

»Wenn es so einen Baum gibt, dann erfahre ich für euch auch wo.«

An den Latten des Laubdachs hingen an Schnüren aufgereiht rote Paprikaschoten, Okra und Auberginen. Klein Memed betrachtete Laubdach und Umgebung und prägte sich, bis zum letzten Käfer und der kleinsten Ameise, alles ein. Auch die Melonen und Kürbisse, die Gurken und Tomatenblüten auf den Feldern, die er von einem Ende zum andern durchstreifte. Schmetterlinge, riesengroß, blau, orange, lila und schneeweiß, flogen über die Äcker, wo an Ranken mächtige Wassermelonen in der weichen Krume lagen.

Am Rande des Wassergrabens entdeckte Klein Memed sechs Vogelnester nebeneinander, in jedem lagen drei mittelgroße gesprenkelte Eier. Aber wohin waren die Vögel geflogen? Aber nicht einmal diese Nester konnten ihn länger ablenken. Etwas anderes nagte da in seinem Inneren, aber was konnte es sein, das ihn so traurig stimmte, ihn beunruhigte, wovon er sich nicht befreien konnte? Wie soll er dem großen Barden Ali, dem hoch gewachsenen Memed, dem zornigen, nicht eines seiner Härchen preisgebenden Hösük und dem todkranken Yusuf jemals wieder in die Augen schauen? Er schämte sich vor allem und vor jedem, vor dem Wasser, das er trank, dem Brot, das er aß, vor diesen Schmetterlingen, Vögeln und allem was kroch und flog. Und in die Richtung zum Dorf mit den Pappeln wagte er nicht einmal zu blicken!

Ahmet hatte den Dreifuß aufgestellt, die Paprikaschoten, die Tomaten und den Kürbis klein geschnitten, die Okra und Auberginen abgezogen, die Zwiebeln gehackt, den verrußten Topf aufgesetzt und das Brennholz angezündet. Die andern waren mit dem Schatten der Weide weitergerückt und hockten mittlerweile vor dem Wassergraben am Feldrand. Als die Flammen loderten, erhoben sie sich. Die Hitze hatte nachgelassen, im Süden über dem Mittelmeer ballten sich weiße Quellwolken, Windhosen glitten da unten über die Ebene, nach und nach wurde es kühler. Ali der Barde vorweg, hinter ihm Hösük, gefolgt von Memed und Yusuf, so wanderten sie übers Feld, betrachteten die Zucker- und Wassermelonen und zahlreichen Blumen, während die Schatten gen Osten ziehender Wolken über sie hinwegglitten. Im nahen Reisfeld standen Störche reglos auf einem Bein. Klein Memed war über den Graben gesprungen und hatte den Weg zu den Eukalyptuswäldern vor Akçasaz eingeschlagen.

»Wohin will dieser Streuner?«, schimpfte Hösük.

»Der kommt schon wieder zurück«, beschwichtigte ihn Memed.

»Er benimmt sich eigenartig«, meinte Ali der Barde und lächelte bitter. »Menschen sind rätselhafte Geschöpfe. Hätte mir jemand diesen Jungen so beschrieben, ich hätte es ihm nicht abgenommen. Es stimmt schon, was man sagt: Unter grob gewebtem Mantel steckt der Krieger! Menschen sind rätselhafte Geschöpfe.«

»Was ist denn mit Klein Memed los?«, fragte Memed.

»Ach, nichts«, wich Ali der Barde betrübt aus. »Bis jetzt jedenfalls. Aber mir schwant, als tue sich da etwas.

Sein Zustand, Freunde, gefällt mir gar nicht, seitdem wir das Dorf mit den Pappeln verlassen haben.«

»Ich verstehe gar nichts«, sagte Hösük.

»Du wirst es noch verstehen«, fuhr Ali der Barde ihn an.

Plötzlich herrschte Schweigen zwischen ihnen. Hautnah schwirrten auf einmal Schwärme zwitschernder Schwalben über ihre Köpfe hinweg. Noch nie hatten sie solche Massen von Schwalben erlebt. Flügel an Flügel flitzten sie über die Felder, drängten sich in ohrenbetäubendem Durcheinander am dichtesten über den Melonen, und Ali der Barde konnte gar nicht fassen, dass tausende Schwalben in Knäueln von hier nach dort schossen, ohne aufeinander zu prallen. Und wie konnte es angehen, dass ihre Flügel, obwohl so dicht aneinander, sich nicht berührten?

»Auch ein Wunder Gottes«, murmelte er.

Sie hoben die Köpfe, als Klein Memed angelaufen kam.

»Wir müssen den Granatapfelbaum auf dem Hügel finden, es sieht sonst nicht gut aus um den Jungen. Dieses Kind macht mir Angst!«

Ranken von Melonen, Blüten und gefaserte Blätter, auf ihren Stängeln Käfer und grasgrüne Eidechsen, darunter schwarze Erde so weich wie gewässerte Grützkörner und auf dieser Erde hunderte von großen, grün gestreiften, rotfleischigen Wassermelonen und goldgelben Honigmelonen.

Bis zum Abend durchstreiften sie so das riesige Melonenfeld. Abseits, unterm Laubdach, züngelten die Flammen um Ahmets rußigen Kochtopf.

»Morgen früh müssen wir uns auf den Weg machen!«, sagte Ali der Barde, der stehen geblieben war, und sah seinen Freunden in die Augen. »Dieser Feldwächter will uns ja überhaupt nicht fortlassen... Wir könnten ohne einen Finger zu rühren, den ganzen Sommer hier bleiben, er würde durchdrehen vor Freude, der Arme.«

»Er hat uns ins Herz geschlossen«, sagte Memed.

»Wie retten wir uns nur aus den Klauen dieses guten Mannes?«, lachte Ali der Barde. »Was sollen wir ihm denn sagen?«

»Wir gehen einfach«, entgegnete Hösük. »Sag ihm, wir haben zu tun, wir müssen zum Granatapfelbaum.«

»Zum Granatapfelbaum«, nickte Memed.

»Er müsste in dieser Gegend sein«, meinte Hösük.

»Ja, die Frau vom Berg Düldül hat uns diese Gegend beschrieben«, sagte Memed.

Wie prächtige Inseln erhoben sich da unten der Anavarza-Felsen, die Ringmauern von Dumlukale und Yilankale und weiter oben von Toprakkale und der Burg Hemite über die endlose Ebene.

Kurz darauf war Klein Memed bei ihnen. Yusuf beteiligte sich nicht an ihrem Gespräch, er kratzte sich die Bartstoppeln in seinem eingefallenen Gesicht und dachte nach. Dass er träumte, war unschwer zu erkennen, wer weiß, wohin er abgeschweift war. Die andern machten sich auf zum Laubdach.

Sich den Bart kratzend war Yusuf mitten im Feld stehen geblieben. Sein Schatten streckte sich weit nach Osten. Der Granatbaum war riesig, war groß wie eine tausendjährige Platane, groß wie der Nussbaum in Dikenli. Die Äste überschatteten den Hügel, die Quelle am

Fuß schoss mit schneeweißen Schaumflocken gegen den Stamm. Kühlende Frische strömte unter der Krone über den ganzen Hügel. Während rundum die gelbe Hitze brütete, wehte hier ein lindes Lüftchen, blühte überall lila Minze. Dicht am Stamm lag ein weißer Marmorblock. Auf einer Seite waren eigenartige Schriftzeichen eingemeißelt, die andere zierte ein Frauenkopf mit weit aufgerissenen Augen, vollen, geschwungenen Lippen und den Hals umfließenden Haaren. Als die Sonne aufging, spiegelte sich das Rot des voll in Blüte stehenden Granatbaumes im Wasser. Es strömte knallrot dahin und erstickte mit diesem Rot die weite Ebene, das gelbe Kraut, die rosa Stockrosen, die Königskerzen, die schimmernden Stoppeln, die lila Felsen, das kieselige Flussufer des Ceyhan, die Brombeerranken, das Reet und die vor Grün berstenden Reisfelder. Das Rot, das sich vom Granatbaum über die Ebene ausbreitete und von einem Ende zum andern aufblitzte, ballte sich kugelrund zusammen und entschwand schließlich über den Hängen des Taurus. Der prachtvolle heilige Baum stammte aus dem Ehrwürdigen Mekka. Erst als der heilige Ali in die Çukurova kam und sein Schwert gegen den Anavarza-Felsen schlug und das bergige Felsgestein in zwei Hälften teilte, entdeckte er zu seiner Rechten diesen Granatbaum, der Stamm, Wurzeln, Blätter und Blüten zusammengerafft hatte und dem Heiligen gefolgt war. Der heilige Ali hatte in seinem Leben weder so glänzende rote Blüten noch so einen vor Grün berstenden Baum gesehen, dessen jedes Blatt einen eigenen Glanz hatte. Er ging zu ihm, und nachdem er jedes seiner Blätter gestreichelt hatte, sagte er: »Heiliger Baum«, sagte er, »geh dorthin zu jenem Hügel, ihn hat Gott für dich bestimmt. Wachse dort und vermehre dich, werde dort zum Heil der Kranken und zur Hoffnung der Hoffnungslosen!« Und der Granatbaum stieg auf den Hügel und senkte seine Wurzeln tief in die Erde. Und kaum hatte er sie in die Erde gesenkt, strömte aus der Tiefe klares, lichtes Wasser über die weißen Kiesel. Und wer von dem Wasser trank, den suchten weder Krankheit noch Seuchen heim. Keine Stechmücke wagte sich unter die Krone des Baumes. Weder unter seine Krone noch in seine Nähe. Und während auf der Erde und am Himmel Wolken von Stechmücken brodeln, kommt keine Einzige nicht einmal in die Nähe des Hügels. Auch Schlangen, Tausendfüßler und Skorpione können nicht zum Baum, so wenig wie Blutschuldner, Diebe und Grausame. Doch wer in seinem Schatten drei Tage schläft, erwacht wie neugeboren...

Lila blühende Poleiminze auf weißen Kieseln am Rande des Quells, auf seinem kiesigen Grund spielende Lichter, die in kleinen Ringen hin und her huschen. Gazellen wandern, von niemandem bemerkt, nächtens die Berghänge herab zum Granatapfelbaum, wirbeln um seinen Stamm, dehnen sich züngelnden Flammen gleich zu einem Reigen, kreisen immer schneller, bis sie nicht mehr zu sehen sind...

Durch das Gazellenrudel ging Yusuf zum Laubdach. Der Duft in gesottener Butter geschwenkten Grützpilaws und dampfenden Gemüses stieg ihm in die Nase. Sein traumverlorenes Gesicht belebte sich jugendfrisch.

»Nanu, Yusuf?«, fragte Hösük, »dein Gesicht strahlt ja so, was ist?«

»Der Geruch des Grützpilaws ist ihm in die Nase gestiegen, was sonst?«, lachte Ali der Barde.

»Gehn wir, gehn wir fort von hier, den Granatapfelbaum finden!«, rief Yusuf.

»Ja, finden wir ihn«, sagte Ali der Barde. »Zeig uns, wo er ist, und wir gehen.«

»Feldwächter Ahmet, unser Bruder, kennt den Ort«, meinte Memed. »Er wird uns sagen, wo.«

»Ich kenne ihn nicht«, entgegnete Ahmet, »aber morgen kommt Onkel Hasan. Der kennt jedes Kraut, jeden Grashalm, jede Blume, jeden Baum und jede Wurzel in der Çukurova. Er kennt hier jede Heilquelle, jede heilende Grotte, jeden Käfer und Vogel.«

»Sag doch gleich Lokman, des heilenden Weisen Nachfolger!«, lachte Ali der Barde.

»Seit fünfzig Jahren sammelt er Heilkräuter, genau seit fünfzig Jahren! Er kennt diese Berge, den Taurus da oben, den Berg Nur da unten Schlucht für Schlucht, Stein für Stein, Quelle für Quelle. Er ist schlimmer noch als Lokman der heilende Weise. Er gibt es nicht zu, aber wie Lokman der Weise sucht auch er das Unsterblichkeitskraut. Alle fünfzehn Tage oder einmal im Monat kommt er vorbei. Im Melonenfeld wächst eine langstielige rote Blume, streckt sich wie eine Flamme zum Himmel. Onkel Hasan kommt, um sie zu pflücken. Manchmal findet er sie nicht, dann musst du sein Gesicht sehen! Ein Gesicht wie Jammer und Wehgeschrei.«

»So etwas gibt es«, meinte Ali der Barde. »Von allen Bienen kennt nur die Honigbiene den wahren Wert einer Blume!«

»Und seht, dort steht sie, diese Blume, hoch gewachsen streckt sie sich in die Höhe! Wenn Onkel Hasan sie entdeckt, wird er verrückt vor Freude, tanzt er trotz seines Alters um die Blume herum, bis er nicht mehr stehen kann. Wenn nicht morgen, so ist er spätestens übermorgen hier. Er weiß auf die Stunde genau, wann diese Blume blüht.«

»Bei Gott!«, Ali der Barde war begeistert. »Bei Gott, solche Menschen wissen es.«

»Wenn es diesen Granatapfelbaum gibt, in dieser Ebene, dort oben im Taurus, dort unten auf dem Berg Nur, da drüben auf dem Berg Gavur, im blauen Meer, unter den dort heraufziehenden Quellwolken, in welcher Schlucht, bei welchem Stein, an welcher Quelle auch immer, Onkel Hasan weiß es.«

»Er weiß es«, nickte Ali der Barde. »Alles klar.«

»Ihr müsst hier auf ihn warten!«

»Lieber Gott, gäbe es hier doch Arbeit!«

»Ach, wenn es sie nur gäbe«, sagte auch der Feldwächter. »Aber da ist nichts. Was solls denn jetzt auf einem Melonenfeld zu tun geben? Da bleibt uns nur noch das Ernten der Melonen, und das dauert bei sechs Mann kaum einen halben Tag. Und ich habe nicht einmal Geld für Löhne… Denn ich bin hier ja nur…«

Weiter kam er nicht, sagte nur noch: »Bitte, essen wir!«

Die Bergler hockten sich wieder hin. Das Abendessen war schmackhafter noch als die Mittagsmahlzeit.

Nach dem Essen zog Ahmet die Melonen aus dem Brunnen, die er zum Kühlen ins Wasser gehängt hatte, und schnitt sie auf. Die Wassermelonen waren blutrot und knackig, die Honigmelonen sonnengelb und zuckersüß.

Als es Abend wurde, sagte Ahmet: »Hier könnt ihr nicht schlafen.«

»Und was sollen wir tun?«, fragte Ali der Barde.

»Wir machen Feuer«, schlug Hösük vor. »So machen wir es immer. Wir zünden ein Feuer an und schlafen im Rauch. Wie sollen wir uns sonst gegen die Mücken wehren?«

»Mein Moskitonetz ist groß genug«, lachte Ahmet fröhlich. »Hier unterm Netz wartet ihr auf Onkel Hasan so lange ihr wollt. Seht doch, seine rote Blume ist schon wieder gewachsen. Woher er auch immer wissen mag, wie hoch die Blume ist, kaum öffnet sie sich, ist er zur Stelle. Er ist ein Heiliger, er lindert all eure Plagen.«

»So machen wir es«, sagte Klein Memed.

Der Tag neigte sich, die Sonne versank, und Wolken sirrender Stechmücken fielen über sie her.

»Das Moskitonetz!«, rief der Feldwächter.

»Die spießen uns auf wie mit Speeren«, meinte Yusuf.

»Beinhart jede von ihnen«, lachte Memed.

»Was der Tiger im hohen Taurus, ist die Mücke in der Ebene«, sagte Ali der Barde.

»Schlimmer noch!«, bekräftigte Hösük.

Sie hoben das Moskitonetz vom Laubdach herunter und spannten es um die Laube. Es war wirklich riesengroß, und sie alle fanden darunter Platz. Draußen kreisten Schwärme schrill singender Stechmücken, die von allen Seiten auf das Netz einstürmten.

»Stünde jetzt ein Pferd, eine Kuh, ein Esel, ein Wolf

oder ein Tiger da draußen, die Stechmücken würden sie einhüllen und ihr Fell blutrot stechen.«

Trotz der stickigen Luft schliefen die Bergler ein, kaum dass sie ihre Köpfe auf die Strohkissen gelegt hatten.

So verbrachten sie hier ihre Zeit und warteten auf den Kräutersammler Hasan. Feldwächter Ahmet aber war stolz, Gäste zu haben. Vor Angst, Hasan könnte schon bald kommen und sie mitnehmen, wagte er nicht, die Landstraße nach Alikesik am Anavarza-Felsen hinunterzublicken, die der Kräutersammler gewöhnlich nahm.

An diesen drei Tagen hatte Yusuf jeden Morgen drei Anfälle. Ihm wurde brennend heiß und dann wieder so kalt, dass seine Zähne aufeinander schlugen, als brächen sie. Feldwächter Ahmet kam um vor Sorge. Hätte er zwei Leben, er würde ohne Zögern eines davon Yusuf schenken! Ach, hätte er doch Arbeit, sodass diese Bergler bis zum Herbst auf den Feldern arbeiten und mit Taschen voller Geld in ihre Dörfer zurückkehren könnten! Im Laufe dieser drei Tage erfuhr der Feldwächter alles über sie. Vom geopferten gelben Ochsen, der verkauften Ziege, der hochmütigen großen Schwester, den unglaublichen Wundern des Granatapfelbaums auf dem Hügel... Und Abend für Abend, wenn die Sonne sank, beugte Ali der Barde sich über seine Laute und begann mit einer Stimme, die den Menschen bis ins Mark traf, bei deren Klang ihm wie im Fieberwahn heiß und kalt wurde, seine Lieder zu singen. Lieder, die noch niemand gehört hatte: über die Çukurova, die grausamen Menschenkinder, die erbarmungslosen Moskitos, die Hitze, die sogar des Menschen Knochen zum Schmelzen brachte. Dabei schweiften die Augen der Bergler immer wieder nach Alikesik, woher Kräutersammler Hasan kommen musste.

Im Osten hellte es auf, die Gavurberge lagen noch im Dämmer, nur der Gipfel des Düldül glühte in einem Katarakt von Licht, und während noch kupferroter Morgennebel über die Hänge waberte, kam mit einem riesigen Rucksack und lautem »Ahmet, Ahmet, mein Sohn und Feldwächter!«, der Kräutersammler Hasan hinter einer hohen Brombeerhecke hervor. Ahmet war leichenblass geworden.

»Er ist da«, seufzte er mit Grabesstimme. »Er ist gekommen. Kräutersammler Hasan…«

Die andern drehten sich fröhlich nach ihm um. Kräutersammler Hasan war groß und schlank. Leicht vornüber gebeugt holte er weit aus und war nach wenigen Schritten bei ihnen. Sein schütterer Bart im langen, schmalen Gesicht fiel in fleckenlosem Weiß bis zum Bauchnabel. Hals und Gesicht waren voller Falten, und jedes seiner tief liegenden, grasgrünen Augen funkelte wie ein Tropfen hellen Lichts. Er lachte in einem fort. Wer ihn sah, musste meinen, es habe in dieser Welt noch nie Kummer, Sorgen und Trauer gegeben.

»Meine Blumen sind ja gewachsen, sind schon flammend rot, ich komme gerade zur rechten Zeit. Ja, ich weiß, wann es so weit ist, wann sich welche Blume auf dieser Erde wo und in welcher dämmrigen Ödnis öffnen wird. Schon mein Großvater, mein Urgroßvater und dessen Großvater wussten es. Gott hat mich und meine ganze Sippe als Nachfolger des alle Blumen kennenden heiligen Lokman geschaffen. Des alle Blumen, Pflanzen und Bäume, aber auch Wolf und Vogel kennenden Lokman. Nun, jeder beschäftigt sich mit irgendetwas, ich beschäftige mich damit.«

Dass er aus der Sippe des Heilenden Lokman stammt, darauf ist Kräutersammler Hasan besonders stolz. Eine Sippe, die nie gestohlen, nie betrogen, nie einen Menschen ausgebeutet, unterdrückt und erniedrigt hat, ja, er stammt aus dieser Sippe, die seit undenklichen Zeiten im unendlichen Taurus Heilkräuter sammelt und an die Leidenden verteilt. Wer wo auch immer Kräutersammler Hasans Weg kreuzt, dem öffnet er sich, denn er legt Wert auf jeden Menschen, aber noch mehr Wert auf seine Arbeit!

Als er nun auf diese fünf Bergler traf, geriet er ganz aus dem Häuschen. Er begann sofort sein fünfzigjähriges Abenteuer mit Blumen und Pflanzen vor ihnen auszubreiten, und er erzählte fast ohne Atem zu holen.

Als Nachfolger Lokmans versteht er die Sprache der Vögel, der Ameisen und Käfer, die Sprache der Pflanzen, der Bäume und aller Blumen, die Sprache der Erde und Felsen, des strömenden Wassers, des wehenden Windes und der segelnden Wolken!

Er ging hin und pflückte die hoch gewachsene, flammend rote Blume und kam freudestrahlend zurück.

»Also diese Blume, diese Blume...«, begann er, »diese rote Blume brennt in dunklen, stürmischen Nächten wie ein Stückchen Sonne! Du kannst einen

Tagesmarsch entfernt schon den Schein ihrer Flammen ausmachen. Wer weiß, wie viele Menschen diese Blume von Leiden und Schmerzen erlösen wird. Ja, diese Blume…«

Behutsam und scheu näherte sich Ali der Barde diesem freudetrunkenen Mann. Als er ihn fast schon mit dem Ellenbogen berührte, sagte er mit bebender Stimme: »Hasan Aga, seit Tagen warten wir hier auf dich, Gott sei Dank, du bist nun da!«

Hasans tief liegende Augen traten strahlend hervor. »Ja, wir sind da«, lachte er. »Braucht ihr ein Kraut, eine Blume, ein Heilmittel?«

»Ja!«, antwortete Ali der Barde schon mutiger.

»Dann sag es mir!«, bat Kräutersammler Hasan.

»Hier soll es einen Granatapfelbaum geben, der auf einem Hügel steht«, sagte Ali der Barde, nachdem er ein, zwei Mal geschluckt und einen erneuten Anlauf genommen hatte, grad so, als wolle er die Laute spielen und ein Lied anstimmen. Doch dann stockte er, während Kräutersammler Hasan ihn nicht aus den stählern funkelnden Augen ließ und mit gerunzelter Stirn auf den Rest des Satzes wartete.

Und als könnten die zurechtgelegten Worte seinen Lippen entfliehen, fuhr Ali der Barde hastig fort: »Und dieser Baum, dieser Baum tut Fieberkranken gut. Wir wollen Yusuf zu ihm bringen, denn unser Yusuf dort«, er zeigte mit der Hand auf ihn, »hat durch das Fieber gar keine Kraft mehr. Wenn wir diesen Granatapfelbaum nicht finden, wird er sterben.«

»Wird er sterben«, bekräftigte Memed. »Schade um ihn, er ist so ein guter Mensch, unser Yusuf soll nicht sterben. Wenn wir diesen Granatapfelbaum doch nur finden könnten!«

»Um Gottes willen, wovon redet ihr?«, fragte Kräutersammler Hasan.

»Du musst wissen, wo sich dieser Baum befindet. Es soll in diesem Land der Çukurova keinen größeren Meister geben, der sich wie du mit Bäumen auskennt, sogar im ganzen Taurus nicht.«

Mit diesem Lob hatten sie des Mannes Schwachstelle getroffen, und sie sattelten noch drauf: »Du sollst jede Pflanze und Wurzel, sogar ihre Sprachen und auch die Eigenarten der Ameisen kennen.«

»Was redet ihr da, um Gottes willen!«

»Wie du siehst, Hasan Aga, wir sind in einer schlimmen Lage. Und wir sind am Ende, wenn wir den Baum nicht finden. Um Gottes willen, Hasan Aga, sei so gut und zeig uns die Stelle, wo dieser Baum steht!«

»Dieser Baum ist unsere einzige Hoffnung!«

»Yusuf ist doch so krank...«

»Wir sind völlig aufgelöst...«

»Wir sind drei Monate lang durch die Çukurova gezogen, wir sind fast keine Menschen mehr.«

»Ja, keine Menschen mehr, und Arbeit haben wir auch nicht gefunden.«

»Legen wir uns eine Nacht nur unter diesen Baum, hat unsere Not ein Ende.«

»Wer hat euch das erzählt?«

»Jeder hier in der Çukurova hat uns von diesem Baum erzählt.«

»Sie haben uns gesagt, ohne diesen Baum gibt es für euch keine Rettung. Das haben sie uns gesagt.«

»Wer genau?«

»Die Frau, die von unserem Berg Düldül stammt. Die Frau dort in dem Dorf mit den Bäumen.«

»Sie hat gesagt, wenn euch etwas helfen kann, dann ist es dieser Granatapfelbaum, hat sie gesagt.«

»Für den, der nicht unter diesem Granatapfelbaum schläft, gibt es keine Rettung.«

Kräutersammler Hasan hatte sich gefasst, blickte sie mit fast zärtlichem Lächeln an und sagte in sicherem Ton: »Einen so heiligen Baum gibt es in der Çukurova nicht. Ach, wenn es ihn nur gäbe!«

»Es gibt ihn«, widersprach Ali der Barde überzeugt, »es gibt ihn!«

»Es gibt ihn«, sagte Memed

»Es gibt ihn«, sagte Yusuf.

»Wieso denn nicht?«, entgegnete Hösük. »Nur weil du nicht weißt, wo er ist, behauptest du, es gibt ihn nicht.«

»Es gibt ihn nicht«, beharrte trotzig Kräutersammler Hasan. »Denkt ihr denn, ich wüsste nicht wo, wenn es ihn gibt?«

»Es gibt ihn«, sagte Ali der Barde.

»Es gibt ihn«, schrie Hösük.

»Ich wüsste es«, brüllte, in seiner Ehre gekränkt, Kräutersammler Hasan.

»Dann sag es uns, wenn du es weißt!«, beharrte Ali der Barde.

»Was es nicht gibt, kann ich nicht wissen!«

»Es gibt ihn.«

Feldwächter Ahmet ging schließlich dazwischen und beschwichtige sie für eine Weile. Er hockte sich unter die

Weide, schnitt die Wassermelonen auf, die er im Brunnen gekühlt hatte, und legte die Stücke auf den Rasen.

»Bitte sehr!«

Schweigend aßen sie.

»Es hat sie gegeben«, begann Kräutersammler Hasan, der sich ein bisschen beruhigt hatte, »es hat viele heilige Bäume in dieser Çukurova gegeben. Von hier bis zum Meer standen in der Ebene Wälder von Granatbäumen. Im Frühsommer öffneten sich ihre hellroten Blüten und bis Ayas verwandelte sich das Land in ein einziges Rot, das sich wie ein Meer wellte. Nattern paarten sich unter den blühenden Bäumen und glühten wie Schmiedeeisen im Feuerofen. Jetzt wachsen in der Çukurova gar keine Bäume mehr. Sie wurden mit Stumpf und Stiel gerodet. Es gibt weder Granatbäume noch Eichen, weder Schwarzdorn noch Tannen noch irgendeinen anderen Baum. Es gibt überhaupt nichts Heiliges mehr in der Çukurova, geschweige denn einen heiligen Granatapfelbaum. Außerdem hat es einen so heiligen Baum, wie ihr sagt, nicht gegeben. Was gut, was schön war, ist auf und davon in alle Weiten. Und gab es jemals so einen Baum, so hat er schon längst seine Wurzeln, Knospen und Blätter zusammengerafft und ist woanders hingezogen, in eine andere Welt. So einen Granatbaum gibt es nicht, und sollte es irgendwo doch noch einen geben, so ist es keiner, der heilen und euch von euren Plagen befreien kann.«

»So einen Granatapfelbaum gibt es«, versteifte sich erneut Ali der Barde.

»Und er wird uns Hilfe sein in unserer Not«, pflichtete Memed ihm bei.

»Da gibt es gar keinen Zweifel«, bekräftigte Yusuf.

»Denn gibt es ihn nicht, ist so ein Baum nicht auf die Welt gekommen, sind wir verloren, ist unser Ofen aus«, sagte Hösük.

»Los, auf die Beine!«, befahl Ali der Barde und schnellte hoch. »Reisende gehören auf die Landstraße! Wir werden diesen Granatapfelbaum schon finden.«

»Und ob es diesen Baum gibt!«

»Auf einem weißen Hügel!«

»Von seinem Kamm da oben...«

»Strahlt sein Rot weit über die Ebene...«

»Einen Tagesmarsch entfernt sieht man ihn. Wie eine Feuersbrunst...«

»Warum sollte die Frau vom Berg Düldül uns denn belügen?«

»Warum sollten sie uns alle belügen, Talschaft und Bergvolk?«

»Sag doch, was liegt ihnen denn daran, uns zu belügen?«

»Wir werden den Baum schon finden.«

»Unser Wunsch wird erfüllt, wir finden ihn.«

Obwohl voller Wut, verabschiedeten sie sich vom Feldwächter mit freundlichen Worten.

»Bleib gesund, guter Mann und Bruder!«

»Besorgter um uns als unser eigener Vater!«

»Dank deinesgleichen geht die Welt nicht unter.«

»Bleib uns gesund!«

Mit schnellen Schritten schlugen sie sich querfeldein und hielten durch hüfthohes Gras auf die östliche Flanke des Anavarza-Felsens zu. Feldwächter Ahmet schaute ihnen auf Zehenspitzen nach, bis sie seinen

Augen entschwunden waren. Dann machte er traurig kehrt und hockte sich neben Kräutersammler Hasan nieder.

»Sie sind gegangen«, sagte er. »Ach, hätte ich für sie doch nur irgendeine Arbeit gehabt!«

»Sie waren wohl sehr unter Druck, mit diesem Granatapfelbaum...«

»Sie werden ihn finden«, unterbrach Feldwächter Ahmet erregt den Kräutersammler. »Sie werden ihn finden. Können sie denn mit leeren Händen in ihre Heimat zurückkehren?«

Gerührt lenkte Kräutersammler Hasan ein. »Wer weiß, vielleicht finden sie ihn wirklich. Es sind schließlich Menschenkinder, geschickt genug, Wundertaten zu vollbringen.«

»Geschickt genug...« sagte Feldwächter Ahmet.

Schon früh am Tag erreichten sie den Savrun. Das Flüsschen führte nicht mehr Wasser als der Abfluss einer Quelle, in hohem Bogen sprangen sie darüber hinweg. Auf einer Anhöhe vor ihnen lag ein Dorf, dünner Rauch ringelte sich über den Lehmdächern.

»Gehn wir doch ins Dorf!«, schlug Hösük vor.

»Auf keinen Fall!«, widersprach Ali der Barde. »Bevor wir den Granatapfelbaum nicht gefunden haben, betreten wir kein Dorf mehr.«

»Wie sollen wir den Baum denn finden, wenn wir uns im Dorf nicht umsehen?«, fragte Hösük.

»Wir finden ihn schon«, antwortete Memed.

Sie marschierten auf der Landstraße weiter. Bis zu den Knöcheln versanken sie im Staub. Die Sonne brannte noch nicht, und der Staub, der in ihre Opanken drang, streichelte kühlend die Füße.

Ein orangefarbener Traktor tauchte auf, kam ihnen langsam entgegen. Als er fast auf ihrer Höhe war, wichen sie zum Wegrand aus und blieben stehen. Auch die Mütze mit breitem Schirm, die der Traktorfahrer trug, war orangefarben. Dicht vor ihnen bremste er.

»Seid gegrüßt, Arbeitsmänner!«, grüßte er. »Ihr kehrt wohl nach getaner Arbeit heim.«

»Wir gehen zurück«, antwortete Hösük.

»Schade, dieses Jahr gabs in der Çukurova nichts zu tun«, sagte der Mann mit Bedauern in den großen, pechschwarz leuchtenden Augen. »Auch nächstes Jahr wird es schwer werden.«

»Sehr schwer«, nickte Hösük.

»Warte!«, rief Ali der Barde, als der Mann wieder starten wollte.

Der Traktorfahrer sah ihn an. »Bist du ein Barde?«, fragte er. »Bitte, Barde, wolltest du etwas sagen?«

»Ja, ich wollte dich fragen, wo dieser Granatapfelbaum auf dem Weißen Hügel ist.«

Der junge Fahrer legte sein braunes Gesicht mit den Grübchen in Falten, kniff die Augen zusammen und überlegte. »Ich hab weder so einen Hügel gesehen, noch von so einem Granatapfelbaum gehört. Tut mir Leid.« Er startete und fuhr davon.

»Fragt man denn so einen Mann, noch ein Kind, nach so einem Baum?«, schrie Hösük plötzlich wutentbrannt.

»Nach so einem Granatapfelbaum... So ein Kind!«, bekräftigte Memed.

Auch Yusuf empörte sich: »Was weiß ein Traktorfahrer schon? Er ist noch ein Junge, fragt man denn so einen?«

Klein Memed sagte nichts, er war in Gedanken versunken. Auch seinem Gesichtsausdruck war nichts zu entnehmen; die Augen blickten ins Leere.

»Daran habe ich nicht gedacht«, entschuldigte sich Ali der Barde. »Der Junge hatte so ein gutes Gesicht. Hätte er von dem Baum gewusst, er hätte es uns gesagt.«

»Er konnte es gar nicht wissen«, donnerte Hösük.

Ein Reiter kam des Weges, hinter ihm ein Pferdegespann, auf dem Wagen drei alte Männer. Danach fuhr ein Auto vorbei, staubte sie von oben bis unten ein. Nach einer Weile kam ihnen mit schnellen Schritten ein vor sich hin murmelnder, etwa vierzigjähriger Mann mit Strohhut, blauem Anzug und weißen Schuhen entgegen. Keiner der Vorüberziehenden sah so aus, als wisse er etwas über den Granatapfelbaum, und sie fragten gar nicht erst.

Es wurde Mittag, die Sonne begann zu brennen. Wortlos bogen sie ab, gingen querfeldein bis zum Savrun, hockten sich ans Ufer, öffneten ihre vom Feldwächter wohlgefüllten Proviantbeutel und aßen. Warm wie das Wasser im Hamam floss das gelbe Gerinne des Savrun träge dahin, doch ob sie wollten oder nicht, sie mussten davon trinken. Dann streckten sie sich unter der Sonne aus und blieben so liegen, bis der Westwind aufbriste.

Ali der Barde rappelte sich als Erster hoch, nach und nach auch die andern. Stumm schauten sie sich an, keiner wusste so recht, wie es weitergehen sollte. Plötzlich lächelte Ali der Barde. Nicht weit von ihnen hatte er einen worfelnden Bauern entdeckt.

»Seht, da hinten worfelt einer!«

Auch die Mienen der anderen hellten sich auf, als sie den Mann entdeckten. Wortlos machten sie sich zu ihm auf.

»Sei gegrüßt!«

Der Mann freute sich.

»Seid willkommen! Zum genesenden Kranken kommt der Doktor bis ans Bett, heißt es. Könnt ihr worfeln?«

»Können wir«, antwortete Ali der Barde. »Hast du Worfschaufeln für uns alle?«

»Ich habe sechs Stück. Freunde von mir wollten ja kommen, aber gestern hat es im Dorf Streit gegeben. Zwei von ihnen wurden erschossen.«

»Unser Beileid!«

»Ich heiße Resul«, stellte der Mann sich vor. Und nachdem sie ihm ihre Namen genannt hatten, sagte er: »Bitte, sucht euch jeder eine Worfschaufel aus!«

Klein Memed stand unschlüssig da.

»Er ist noch ein Kind und weiß nicht, wie geworfelt wird«, sagte Hösük und wandte sich an den Jungen: »Klein Memed, hock dich da vorne in den Schatten des Wagens!«

Wortlos ging der Kleine zum Wagen und setzte sich, den Rücken an die Speichen gelehnt. Nicht weit von ihm blühten auf der Uferböschung lila Disteln, sie wiegten sich leicht in der linden Brise.

Die andern schleuderten das ausgedroschene Getreide hoch in den Westwind, und noch bevor sich der

Abend senkte, hatten sie die Spreu vom Weizen getrennt. Resul drückte jedem den verdienten Lohn in die Hand.

»In Gesundheit sollt ihr leben, Freunde! Ihr wart meine Rettung. Allein wäre ich mit der Arbeit nicht in drei Tagen fertig geworden, und die Moskitos hätten mich aufgefressen. Aber bevor ihr nicht gegessen habt, lasse ich euch nirgendwohin!«

»Wir sind in Eile«, sagte Ali der Barde listig, »wir müssen den Platz finden und rechtzeitig dorthin.«

»Wohin?«

»Zum Granatapfelbaum auf dem Hügel. Weißt du, wo er ist, dieser Granatapfelbaum auf dem Hügel? Den scheint in der Çukurova wohl jeder zu kennen... Sie haben uns auch angedeutet, wo...«

»Sie haben uns diese Gegend beschrieben...«

»Setzt euch erst einmal hin und esst, dann sehen wir weiter. Nicht weit von hier soll es einen Granatapfelbaum geben. Doch jetzt setzt euch! Meine Frau hat wohl für zehn Mann eingepackt. Esst erst einmal die leckeren Speisen! Bald muss Hadschi der Schreibkundige mit einer Blume hinterm Ohr hier vorbeikommen. Ja, er steckt sich jeden Tag, wer weiß, wo er sie immer findet, eine Blume hinters Ohr. Jeden Augenblick muss er von seinem Orangengarten heraufkommen. Was er Orangengarten nennt, sind siebzehn Schösslinge. Jeden Winter überschwemmen Wildwasser seinen Garten, und jedes Frühjahr setzt er wieder siebzehn Schösslinge. Nur Gott und er wissen, wo sich der Granatapfelbaum befindet.« Ein Funke von Schläue glimmte in seinen Augen auf: »Esst erst einmal, vielleicht finde auch ich heraus, wo dieser Granatapfelbaum steht. In dieser Gegend müsste es so einen Baum geben.«

Resul deckte die Bodentafel. Im Topf, den er in die Mitte stellte, lagen zweieinhalb gebratene Hühner, daneben eine Schüssel mit aufgehäuftem, noch warmem Reispilaw. Schon um bald weiterziehen zu können, machten die Männer sich über das Essen her und hatten in unglaublicher Schnelle verputzt, was ihnen aufgetischt worden war.

»Sag uns, Bruder, wo dieser Granatapfelbaum ist, wir müssen zu ihm!«, baten sie mit matter Stimme. »Wir dürfen ihn nicht verfehlen.«

»Über zwei Monate sind wir schon in der Çukurova, haben weder Arbeit noch sonst etwas... Und Yusuf stirbt uns. Wir alle werden noch krank werden und sterben.«

»Beruhigt euch doch«, sagte der Mann und versuchte, seine Gedanken zu sammeln. »Lasst mich erst einmal nachdenken. Mir fällt gleich ein, wo der Baum ist. Ganz plötzlich kommt es mir – platsch! – in den Sinn.« Währenddessen linste er immer wieder hinter sich den Weg hinunter. »Wo ist bloß dieser Schriftgelehrte Hadschi abgeblieben!«

»Denk schnell nach, Bruder!«, bat Ali der Barde, »damit wir noch dort sein und den Baum sehen können, bevor es dunkel ist!«

»Jetzt! Gleich!« Und als erwarte er von irgendwoher einen Helfer, blickte Resul zu den fernen Felsen des Anavarza, zum Ufer des in der Ebene dahinplätschernden Savrun und zum glühenden, hinter den gestaffelten blauen Bergen im Dunst emporragenden Gipfel des Düldül.

Als endlich Hadschis Kopf in der Senke sichtbar wurde, lief Resul ihm voller Freude entgegen.

»Auf dich habe ich gewartet, mein Molla!«, rief er. »Vor lauter Ungeduld und Ausschau halten, habe ich schon vier Augen. Frag nicht, wie lange wir schon auf dich warten!« Er sprach in atemloser Hast. »In einem der Dörfer da unten hat eine Frau diesen Freunden jenen Granatapfelbaum ans Herz gelegt, hat ihnen gesagt, wenn ihr euch einen Tag unter den Granatapfelbaum auf dem Weißen Hügel legt, befreit er euch von allen Plagen und Gebrechen. Und unsere Freunde haben, wie du siehst, im Nu mein Getreide geworfelt und wollen jetzt diesen Granatapfelbaum suchen gehen. Diese Gegend hier wurde ihnen genannt. Wie gut für uns, denn wer weiß, wie viel Tage wir beide für diese Arbeit gebraucht hätten. Und ich sagte ihnen, es gäbe hier so einen Hügel, aber ob auf seinem Kamm ein Baum wächst oder nicht, das weiß, wenn es jemand weiß, allein unser Hadschi.«

»Und ich weiß es«, sagte Hadschi. »Dieser Granatapfelbaum hat mir, hat meinem Dorf viel Gutes getan. Aber am Ende ist er eingegangen.« Er hob seinen Arm und zeigte auf eine erdgraue Bodenwelle: »Seht, auf dem fahlen Kamm da hinten stand dieser Granatapfelbaum, groß wie eine Platane. Wenn er im Frühsommer blühte, funkelte sein Rot schon von weitem wie eine flammende Kugel... Wer neben ihm, unter seinem Dach, auf seiner Erde nur eine Nacht schlief, dem erfüllte Gott, was er von dem Baum erbat. Seht, da vorne, es ist nicht sehr weit. Wenn ihr wollt, könnt ihr diese Nacht noch bei uns bleiben.«

»Und uns bis morgen Mittag helfen«, ergänzte Resul. »Ich gebe euch auch noch mehr Geld. Wenn ihr euch morgen Mittag auf den Weg macht, seid ihr gegen Abend am Hügel mit dem Granatapfelbaum. Schaut, der Tag neigt sich, und bevor ihr dort seid, ist es schon dunkel, dann findet ihr nicht einmal den Hügel, geschweige denn einen Baum.«

Resul hatte Recht. In jener Nacht schliefen sie dort. Die Stechmücken waren besonders schlimm, sie scherten sich nicht um Feuer noch Rauch. Frühmorgens machten sich die Bergler mit Resul und Hadschi an die Arbeit.

»Wir machen uns auf zum Hügel, bleibt gesund!«, sagten sie, als es Mittag wurde, und nahmen von Resul ihren Lohn in Empfang.

Molla Hadschi erklärte ihnen ganz genau, welchen Weg sie zu nehmen hatten, und ihnen wurde vor Freude die Brust zu eng.

Schon am frühen Nachmittag erreichten sie den Hügel, den ihnen Hadschi beschrieben hatte, und stiegen auf den Kamm. Da oben waren weder Zweig noch Blatt. Im kleinen Rund steckte nur ein geborstener dicker Baumstumpf, dessen Wurzeln sich über die ganze Kuppe fächerten.

»Wir haben ihn«, schrie Ali der Barde, »Dank meinem Herrgott! Wir haben ihn gefunden! Da ist er, diese Wurzeln sind die Wurzeln des Granatapfelbaums.«

»Seine Wurzeln«, rief Hösük.

»Wenn er selbst auch nicht mehr da ist, es sind seine Wurzeln«, sagte Memed. »Ist doch egal, ob Wurzeln oder Stamm, ob rote Blüten, Zweige oder Blätter!«

»Ja, ist doch dasselbe«, bekräftigte Yusuf.

»Lasst uns beten!«, sagte Ali der Barde und hob die Hände. Sie drehten sich zur Kaaba nach Mekka, und ihre Lippen bewegten sich sehr lange in leisem Gebet. Nur Klein Memed beteiligte sich nicht.

»Kennst du kein Gebet, Klein Memed?«, fragte Ali der Barde.

»Ich weiß nur eins«, antwortete Klein Memed.

»Und?«

»Dieser Baum ist selbst gestorben. Er hat sich selbst nicht helfen können, wie sollte er uns...«

»Schweig!«, schrie Hösük ihn an und ging auf ihn los. »Du stürzt uns noch ins Unglück, du Dreckskerl. Spricht man so von einem heiligen Baum?«

Die andern schlossen sich Hösük an. Wohl bis Mitternacht redeten sie auf den Jungen ein, erzählten ihm von diesem Baum und dem Segen, der von ihm ausging, doch ihre Worte gingen bei dem Jungen zum einen Ohr herein, zum andern wieder hinaus.

Der schon am Abend aufgekommene Westwind wurde immer heftiger und erreichte bald Sturmstärke. Bei diesen harten Böen konnten sich die Stechmücken nicht auf dem Hügel halten, und die Männer schliefen tief und ungestört bis in den Morgen.

Ali der Barde erwachte zuerst und tastete nach seiner Laute. Sein Leben lang hatte er beim Erwachen nach der neben ihm liegenden Laute gegriffen. Sie war sein Glücksbringer. Bald darauf erwachte Memed, danach Yusuf und schließlich auch Hösük. Sie gingen den Hang hinunter, stellten sich mit dem Rücken zum heiligen

Hügel in Reihe und pissten sehr lange. Erst danach fiel ihnen auf, dass Klein Memed nicht bei ihnen war. Sie sahen sich an.

»Vielleicht ist er in der Nähe«, tröstete Memed. »Wenn wir nach ihm suchen, finden wir ihn bestimmt. Vielleicht kommt er auch gleich zurück.«

»Er kommt nicht zurück«, seufzte Ali der Barde. »Er wird nicht mehr zu uns zurückkommen.«

»Nun, wer weg ist, ist weg!«, sagte Yusuf. »Was war er doch für ein guter Junge. Sein einziger Gedanke: irgendwann ein Gespann Ochsen mit lang geschwungenen Hörnern.«

»Mein Handschar? Mein Handschar!«, rief Hösük plötzlich, tastete sich ab und blickte suchend um sich, während er den Hügel hinaufhetzte. »Mein Handschar! Mein Handschar ist nicht da. Der Junge hat nachts meinen Handschar geklaut und ist abgehauen.«

Danach sagte Hösük kein Wort mehr. Regungslos standen sie oben auf dem Hügel eine Weile nur so da.

Schließlich, als erwache er aus tiefem Schlaf, sagte Ali der Barde: »Dass er das tun würde, war vorauszusehen. Wenn ihm nur nichts Schlimmes passiert... Was geschrieben steht, geschieht!«

Die andern sagten nichts.

Ali der Barde setzte sich an ihre Spitze, sie gingen hügelab, und schlugen den Weg zu den nebelverhangenen Blauen Bergen ein. Zu ihrer Rechten begann sich in weiter Ferne der Gipfel des Düldül im ersten Tageslicht nach und nach aufzuhellen.

Gegen Mittag hatten sie schon Dikenli erreicht und den Weg nach Karatepe eingeschlagen. Der Geruch der

Hochebene, der Duft von Poleiminze und Tannen stieg ihnen in die Nase.

Mit weit ausholenden Schritten hatte Memed sich an die Spitze gesetzt. Irgendwann verhielt er, atmete einige Mal tief durch und rief: »Hey, Ali der Barde, als Opfertier schlachteten sie meinen gelben Ochsen. Als ich mich von ihm trennte, hat er sich immer wieder nach mir umgedreht. Er weinte, genau wie ein Mensch!«

Ali der Barde brachte kein Wort über die Lippen. Sie setzten ihren Weg fort.

Yaşar Kemal
»Sänger und Chronist seines Landes«

Yaşar Kemal wird 1923 in einem Dorf Südanatoliens geboren. Sein Vater ist ein wohlhabender, später verarmter Grundbesitzer, seine Mutter stammt aus einer Familie von Räubern und Briganten, die Not und Armut in die Berge getrieben hatte. Mit fünf Jahren erlebt er, wie sein Vater beim Gebet in der Moschee von dessen Adoptivsohn erschlagen wird. Nach dem Tod des Vaters lebt die Familie in großer Armut. Vier Geschwister sterben an Malaria.

Früh beeindrucken ihn die wandernden Volkssänger mit ihren Gedichten und Epen, bald improvisiert er in der gleichen Art Lieder. Um seine Lieder niederzuschreiben und festhalten zu können, lernt Yaşar Kemal Lesen und Schreiben – als einziges Kind seines Dorfes in einer zehn Kilometer entfernten Schule. Später arbeitet er u.a. als Hirte, Traktorfahrer, Schuhmacher und Gehilfe eines Dorflehrers. Als Straßenschreiber in einer Kleinstadt verfasst er Briefe, Bittschriften und Dokumente für analphabetische Bauern.

1951 werden seine ersten Erzählungen in der Istanbuler Zeitung »Cumhuriyet« abgedruckt. Sie erregen großes Aufsehen, denn sie handeln vom täglichen Leben der Bauern und sind in der Umgangssprache geschrieben.

Als Journalist durchstreift Yaşar Kemal zwölf Jahre lang die ländlichen Gebiete Anatoliens. Er schreibt über die Armut, den Hunger, die Dürre und die Ausbeutung durch feudale Großgrundbesitzer. Noch nie sind solche Berichte in der türkischen Presse erschienen. Einige führten sogar zu Debatten in der Nationalversammlung.

Mit dem Roman »Memed mein Falke« wird er 1955 auf einen Schlag zum meistgelesenen Schriftsteller der Türkei. »Memed« bringt Kemal auch den Durchbruch in die internationale Literatur.

Auf Empfehlung der UNESCO und des internationalen PEN-Clubs wird dieser Roman in über dreißig Sprachen übersetzt.

Yaşar Kemal wird mehrere Male von der türkischen Militärregierung festgenommen und gefoltert. Nach zahlreichen internationalen Protesten kommt er frei, um allerdings immer wieder wegen »separatistischer Propaganda« mit Gerichtsverfahren überzogen zu werden.

Yaşar Kemal wurde mit zahlreichen internationalen Preisen ausgezeichnet. 1997 erhielt er den Friedenspreis des Deutschen Buchhandels. Heute lebt und arbeitet Yaşar Kemal in Istanbul.

Der Übersetzer

Cornelius Bischoff wurde 1928 in Hamburg geboren. Er ging ab 1939 in Istanbul zur Schule und machte dort 1948 das staatliche türkische Abitur. Während der Schulzeit war er als Deutscher in der Türkei 1944–45 in Corum interniert. 1948 begann er sein Studium an der juristischen Fakultät in Istanbul, ging 1949 an die juristische Fakultät Hamburg und schloss 1954 mit dem Staatsexamen ab. Nach den Jahren als Rechtsreferendar beim Hanseatischen Oberlandesgericht wurde Cornelius Bischoff 1956 stellvertretender Betriebsleiter in The Brecht Corp., Hamburg und ist seit 1961 selbständig. Seit 1978 Tätigkeit als literarischer Übersetzer und Drehbuchautor.